Chère lectrice,

En lisant, ce mois-ci, *Le bébé de la chance* (Horizon n° 1683), vous ressentirez, comme Ashley, une grande émotion. En effet, à peine celle-ci vient-elle de se séparer de son mari qu'elle apprend sa grossesse, un miracle auquel elle n'osait plus croire... Doit-elle annoncer la grande nouvelle au futur papa ?

Ensuite, vous assisterez à la rencontre de Lou et de Cade. *Cow-boy au grand cœur* (n° 1684), ce dernier a cependant toutes les peines du monde à révéler à la jeune femme les sentiments qu'il éprouve pour elle. Curieusement, c'est un adolescent dit « difficile » qui tentera de l'aider à vaincre ses démons...

Avez-vous déjà mené une *Enquête amoureuse* (n° 1685) ? Si vous n'avez pas eu cette chance, suivez les aventures de Katie, la coéquipière d'un séduisant détective, et peut-être aurez-vous la surprise de croiser Cupidon en chemin...

Vous changerez totalement d'ambiance avec *Un papa très attendu* (n° 1686), la touchante histoire d'une fillette qui voit débarquer dans son univers un papa venu de loin, de très loin, puisqu'il s'agit d'un prince arabe, digne des Mille et une Nuits...

Une troublante amitié (n° 1687) met en scène deux êtres que la vie a séparés, mais qui se retrouvent à l'occasion d'un douloureux événement. Entre eux, la flamme de l'amour brûle encore...

En revanche, c'est par pure convenance que Sam demande à Patricia, son assistante, de devenir sa femme. Cette dernière, qui l'aime en secret, s'empresse d'accepter sa proposition. Seront-ils *Unis pour un jour* (n° 1688), ou pour la vie ?

Bonne lecture, et au mois prochain !

La responsable de collection

Le bébé de la chance

REBECCA WINTERS

Le bébé de la chance

HARLEQUIN

COLLECTION HORIZON

Si vous achetez ce livre privé de tout ou partie de sa couverture, nous vous signalons qu'il est en vente irrégulière. Il est considéré comme « invendu » et l'éditeur comme l'auteur n'ont reçu aucun paiement pour ce livre « détérioré ».

Cet ouvrage a été publié en langue anglaise sous le titre :
BABY IN A MILLION

Traduction française de
CLÉMENCE GUIBOUT

83-85, boulevard Vincent-Auriol, 75013 Paris — Tél. : 01 42 16 63 63
Service Lectrices — Tél : 01 45 82 47 47
ISBN 2-280-14096-9 — ISSN 0993-4456

1.

Ashley McKnight pliait du linge, assise à la table de la cuisine, quand la sonnerie du téléphone retentit. Avec toute la hâte que lui permettait son état, elle se leva et s'empressa de décrocher, craignant que la sonnerie ne réveille Mme Bromwell.

Tous les soirs, Ashley débranchait le poste de la vieille dame, mais celui de la cuisine se trouvait contre le mur de sa chambre. La pauvre femme souffrait d'arthrite aiguë et, les médicaments étant souvent impuissants à calmer ses douleurs, seul le sommeil lui apportait un semblant de réconfort.

Qui donc appelait à une heure si tardive ? L'un des enfants de Mme Bromwell, sans doute, pour prendre des nouvelles de sa mère, ou d'Ashley elle-même. Le remplacement de la jeune femme avait déjà été prévu, chacun étant bien conscient que, si les contractions commençaient prématurément, elle serait contrainte d'abandonner sa patiente sans préavis.

Mais son médecin lui avait assuré qu'elle irait jusqu'au terme de sa grossesse, ce qui lui laissait encore quatre bonnes semaines avant la naissance du bébé — quatre semaines qui lui permettraient de mettre encore un peu d'argent de côté. Car outre la nécessité de s'équiper en layette, Ashley devait également payer les honoraires de son avocat. Elle-même avait déjà signé tous les papiers. Une fois que Cord, son mari, se serait exécuté à son tour, leur divorce serait enfin prononcé.

Par habitude, elle leva la main pour dégager son oreille,

oubliant pour la énième fois qu'elle avait fait couper ses longs cheveux couleur de miel. Il y avait pourtant presque un mois qu'elle avait adopté cette nouvelle coupe, en prévision de l'arrivée du bébé et des grandes chaleurs estivales.

— Allô ? dit-elle à mi-voix.

— Ashley...

La jeune femme tressaillit et son cœur se mit à battre follement. Elle n'avait pas entendu la voix profonde de son mari depuis près de huit mois !

Une seule personne pouvait avoir communiqué ses coordonnées à Cord : Greg Ferris, son meilleur ami. Greg dirigeait un grand magasin d'articles de sport à Salt Lake City dont elle avait tenu la comptabilité avant de se séparer de son mari.

Elle croyait pourtant que Greg était aussi son ami, à elle ! Il avait promis de ne révéler à Cord ni l'endroit où elle se trouvait, ni le fait qu'elle était enceinte. Elle préférait, avant de divulguer l'information, attendre que l'enfant soit né et le divorce prononcé.

Cord et elle avaient toujours rêvé d'avoir un enfant. Après de multiples et vaines tentatives, ils avaient fini par consulter un médecin et découvert un problème qui leur ôtait tout espoir de fonder une famille.

Aussi ne lui était-il pas venu à l'idée, quand elle avait fui le domicile conjugal, qu'elle pouvait être enceinte. D'autant que, pendant les six derniers mois de leur douloureux mariage, ils avaient fait chambre à part.

Le jour même où Ashley avait été présentée à Sheila, la belle-mère de Cord, cette dernière lui avait fait comprendre, à l'insu de son beau-fils, qu'elle avait eu une liaison avec lui avant d'épouser son père — et qu'ils restaient très attirés l'un par l'autre.

Epouvantée par ces révélations, Ashley avait tenté de chasser toutes ces histoires de son esprit, et y était presque parvenue.

Installés en pleine montagne, elle et son mari se rendaient rarement à Salt Lake City car Cord, devenu garde forestier, était très pris par son travail. Et, quand il pouvait se permettre de quitter son poste, il allait généralement retrouver Greg et sa femme. Ils ne s'arrêtaient jamais plus que quelques instants chez le père de Cord et sa seconde épouse.

Chaque fois, pourtant, Sheila avait réussi à faire une allusion à sa liaison passée avec Cord. Mais ce n'était qu'après la mort de son mari que, prenant de l'assurance, elle s'était permis d'attiser ouvertement les doutes d'Ashley concernant ses relations avec Cord.

Avec le temps, ces doutes s'étaient transformés pour Ashley en certitudes.

Une seule fois, la nuit qui avait précédé son départ, Cord l'avait rejointe dans sa chambre pour tenter de la convaincre de rester auprès de lui, de lui faire confiance. Il lui avait juré que Sheila ne comptait pas pour lui et que c'était elle qu'il aimait...

En s'éveillant, le lendemain, la jeune femme avait découvert qu'il n'était plus là. Elle était partie à sa recherche, souhaitant plus que tout au monde croire à sa sincérité.

Elle l'avait trouvé, certes ! Mais Sheila était elle aussi dans la chambre. Devant une telle trahison, après une nuit de folle passion, elle n'avait pu résister à la douleur qui lui étreignait le cœur, et elle avait fui, bouleversée, sans se douter qu'elle était enceinte.

Si Cord apprenait maintenant qu'elle portait un enfant de lui, il risquait de faire traîner le divorce, ce qui multiplierait les frais d'avocat. Il voudrait à tout prix prendre soin du bébé et ne lui laisserait pas de répit. Or elle savait que la souffrance de le savoir auprès d'elle serait intolérable.

— Bonsoir, Cord, parvint-elle à articuler malgré son émoi.

Malgré sa volonté de prendre un ton dégagé, elle constata, affolée, qu'elle était incapable de cacher sa nervosité.

— Je suis ravi de voir que tu me reconnais, répondit-il de sa voix profonde et mélodieuse.

Le reconnaître ? Malgré leur séparation, qui avait conclu définitivement six années de mariage, une partie d'elle-même n'avait jamais pu renoncer à lui. Même sans l'enfant qu'elle portait en elle, elle savait qu'elle ne pourrait jamais le chasser de son cœur, de son âme, de son corps...

Combien de fois avait-elle rêvé qu'un jour le téléphone sonnerait et que Cord lui prouverait enfin qu'il n'y avait jamais rien eu entre Sheila et lui, que tout cela n'était qu'un malentendu ?

Mais il ne s'agissait pas d'un rêve, cette fois. Le ton sarcastique de Cord était glacial. Huit mois de séparation n'avaient rien changé entre eux. Une seule remarque suffisait pour raviver leur dispute. Ils ne savaient que se déchirer.

La main de la jeune femme se crispa sur le combiné.

— Si ce n'est pas pour m'annoncer que tu as signé les papiers du divorce, je me demande pourquoi tu t'es donné la peine de téléphoner.

L'agressivité d'Ashley, quoique involontaire, était sa seule défense contre l'émotion qui menaçait de la submerger. Même si ce n'était pas Cord qui avait demandé le divorce, elle savait qu'il désirait l'obtenir pour pouvoir vivre avec la veuve de son père — devenue l'un des membres influents du conseil d'administration de la société McKnight.

Par complaisance, Ashley avait entamé la procédure de divorce. Mais cela constituait pour elle une souffrance de tous les instants.

— Merci de me demander de mes nouvelles. Je vais bien, lança-t-il avec ironie.

Incapable de contenir plus longtemps son émotion, Ashley se mit à bredouiller :

— Je... je ne vois pas l'intérêt de cette conversation. Il est tard et je suis fatiguée.

A présent, sa voix tremblait nettement. Il ne pouvait manquer de le remarquer et l'idée qu'il comprenne à quel point elle était bouleversée par son coup de téléphone lui était insupportable.

— Il y en a pourtant un.

— Si tu as lu les documents que je t'ai fait parvenir par

l'intermédiaire de mon avocat, il ne peut s'agir d'une question d'argent. Je n'ai jamais voulu un centime de toi ! Je me débrouille très bien toute seule.

Le silence, au bout du fil, confirma à Ashley qu'elle avait dit exactement ce qu'il fallait pour irriter Cord, que son refus de percevoir une pension alimentaire exaspérait. Elle l'entendit prendre une profonde respiration.

— Cela n'a rien à voir avec l'argent.

Ashley se mordit la lèvre. Allait-il lui annoncer qu'il était au courant de sa grossesse ?

Car, si Greg ne lui avait rien révélé à ce sujet, elle ne voyait vraiment pas pourquoi il appelait. A moins qu'il n'ait eu vent de ses problèmes financiers ?

C'était grâce à son emploi de garde-malade, qui lui permettait d'être logée et nourrie, qu'elle vivait de manière à peu près décente. La famille de Mme Bromwell lui versait en outre un petit salaire qu'elle économisait en prévision du moment où elle devrait trouver un autre logement, après la naissance de l'enfant.

Bientôt, elle emménagerait dans le minuscule studio qu'elle avait trouvé, au coin de la rue, pour préparer l'arrivée du bébé.

Malgré ses réticences, elle serait sans doute contrainte, pour payer les frais d'accouchement, de vendre le diamant que Cord lui avait offert. Le produit de la vente, ajouté au pécule qu'elle avait amassé, lui permettrait de tenir jusqu'à ce qu'elle trouve un nouvel emploi.

— J'ai une faveur à te demander.

Une faveur ?

Elle fronça les sourcils. Après avoir piétiné son cœur et ses sentiments, il osait encore lui demander quelque chose ?

— Et si je ne te l'accorde pas, tu refuseras de signer les papiers du divorce, c'est cela ?

— Les deux choses ne sont pas liées. Pour le divorce, j'attends des nouvelles de mon avocat.

Comment pouvait-il garder son calme alors qu'elle-même était au bord de la crise de nerfs ?

— Je crois que tu t'adresses à la mauvaise personne, dit-elle d'un ton coupant. Que pourrais-tu vouloir de moi désormais ?

Sa voix, malgré elle, trahissait sa colère — et pire encore, sa vulnérabilité.

— C'est toi qui as mis fin à notre relation en me quittant, fit-il observer. Mais c'est du passé. Tout ce que je te demande, c'est un peu de ton temps.

— Demande à Sheila !

Un nouveau silence ponctua leur conversation.

— Outre le fait qu'elle n'a rien à voir avec ma vie privée, tu es la seule personne qui puisse m'aider. Je t'appelle de l'hôpital de City Creek, ajouta-t-il.

Elle sentit son estomac se nouer, tandis que d'horribles scénarios défilaient dans sa tête.

— Que se passe-t-il ?

— Rien de grave, répondit-il sèchement. Mais je préférerais en parler de vive voix.

— Non ! s'écria-t-elle, affolée.

Puisqu'il ignorait tout de sa grossesse, elle ne voulait pas qu'il découvre maintenant la vérité.

Elle se leva et ajouta, d'une voix alarmée :

— Puisqu'il ne s'agit pas d'une question de vie ou de mort, pourquoi ne pouvons-nous pas en parler au télé...

— Comme je m'apprêtais à te le dire, coupa Cord, tu as parfaitement le droit de refuser. Et pour être franc, je suis étonné que tu ne m'aies pas encore raccroché au nez.

Cord ne quémandait jamais. C'était contraire à sa nature. Alors pourquoi appelait-il ? Que s'était-il passé ?

— Cord... je ne vois pas l'intérêt de...

Il l'interrompit une seconde fois.

— Ah, non ? J'aurais dû m'attendre à une telle réponse de ta part. Sois tranquille, je ne te dérangerai plus !

Derrière le ton glacial de son interlocuteur, elle perçut un découragement qui la hanta longtemps après qu'il eut raccroché...

Dans son lit, plus tard, Ashley se tourna et se retourna, sans pouvoir trouver le sommeil. Certes, la douleur qui lui vrillait le bas du dos et l'agitation du bébé la gênaient pour dormir, mais elles n'étaient pas seules responsables de son trouble. Sa conversation avec Cord l'avait profondément bouleversée et elle savait qu'elle ne dormirait pas en paix tant qu'elle ne connaîtrait pas la véritable raison de son appel.

Ils étaient en train de divorcer. Leur mariage appartenait désormais au passé et bientôt, elle ne serait plus un obstacle entre lui et Sheila, qui pourraient enfin vivre comme bon leur semblerait.

Et pourtant, il l'avait appelée pour un motif bien précis. Peut-être avait-on diagnostiqué chez lui une maladie mortelle ?

En dépit des événements qui avaient provoqué leur séparation, l'idée que Cord puisse disparaître lui était insupportable...

Le lendemain matin, après avoir préparé le petit déjeuner de Mme Bromwell, Ashley prit la voiture pour se rendre au supermarché, puis poussa jusqu'au bureau de Greg, non loin de là. Lui seul était susceptible de connaître la vérité.

— Bonjour, Sally, lança-t-elle sur son passage à la secrétaire de Greg, dont elle avait fait la connaissance à l'époque où elle travaillait pour lui.

Quelques secondes plus tard, elle gratta discrètement à la porte de son antre, leur signal secret.

Greg l'accueillit avec un sourire jovial.

— Mon Dieu, comme tu t'es épanouie depuis notre dernière rencontre ! Tu es superbe...

Il la serra affectueusement contre lui avant de lui indiquer un siège.

Marié avec Bonnie et heureux père de deux adorables enfants, Greg avait été pour elle un véritable soutien et un confident quand la situation avait commencé à se dégrader entre Cord et elle.

Elle refusait de croire qu'il ait pu trahir sa confiance. Si, malgré ses promesses, il avait révélé quoi que ce soit à Cord, elle tenait à savoir pourquoi, et s'il n'en était rien, elle voulait également le savoir pour ne pas lui tenir rigueur d'une faute qu'il n'avait pas commise.

— Quel bon vent t'amène ? Est-ce pour reprendre ta place parmi nous ? Tout le monde te regrette ici.

— Merci, Greg. Ça fait toujours plaisir à entendre.

— J'ai une proposition à te faire. Si tu acceptes de revenir, je t'achèterai une chaise longue pour que tu puisses t'y reposer quand ce sera nécessaire, dit-il avec un sourire chaleureux.

— Greg, tu es adorable, et je te remercie de ta proposition. Mais tu sais bien qu'il m'est impossible de revenir travailler ici.

Il redevint sérieux et se pencha en avant.

— Cord ne vient jamais ici, si c'est ce qui te tracasse, et ne m'appelle jamais. Si je veux lui parler, c'est moi qui dois téléphoner. Trois fois, déjà, je lui ai proposé d'aller faire du ski, et trois fois il a décliné mon offre. Franchement, je me fais du souci à son sujet.

Le fait que Cord l'avait appelée de l'hôpital donnait aux paroles de Greg un caractère encore plus alarmant.

De toute évidence, le divorce avait jeté un froid entre les deux amis, qui se connaissaient pourtant depuis des années et s'aimaient comme des frères.

Sheila n'était sans doute pas étrangère à ses problèmes. Une fois le divorce prononcé, Cord ne pourrait épouser la seconde femme de son père sans se brouiller avec un certain nombre de personnes, et l'opinion de Greg comptait beaucoup à ses yeux...

Ashley poussa un soupir.

— Est-ce toi, par hasard, qui as communiqué mon numéro de téléphone à Cord ?

Greg plissa les yeux, attentif.

— T'a-t-il téléphoné ?

— Oui, de l'hôpital de City Creek. Hier soir.

— Dieu soit loué !

Déconcertée par cette exclamation émue, elle lui jeta un regard incrédule.

— C'est donc toi qui lui as dit comment me joindre ?

— Hier matin, acquiesça-t-il. Je n'avais pas le choix, Ashley. Cord a de sérieux ennuis.

Ces mots la firent tressaillir.

— Il m'a dit que ce n'était rien de grave !

— Il mentait ! Je suis convaincu que tu es sa seule chance de survie. L'as-tu vu ?

— Non, avoua-t-elle. Notre conversation a très vite tourné court. Il insistait pour me voir. J'ai refusé et il a raccroché.

Elle l'entendit jurer entre ses dents et fut frappée, à cet instant, de sa ressemblance avec Cord.

— Lui as-tu dit que j'étais enceinte ?

— Non. Il ignore tout de sa future paternité. Je ne lui ai pas non plus révélé ton adresse ni comment tu vis. Puisque tu refuses de le voir, c'est inutile.

Pour la première fois depuis qu'elle connaissait Greg, elle perçut un accent de reproche dans sa voix.

— Sais-tu ce qu'il a ?

Il grimaça.

— J'ai des soupçons, mais ce n'est pas à moi de te le dire, répondit-il en la fixant droit dans les yeux. Tu l'as complètement rayé de ton existence, n'est-ce pas ?

— Greg ! Si Bonnie t'avait fait ce que Cord et Sheila...

— Ashley, coupa-t-il doucement. Je ne voulais pas te blesser. J'espérais sans doute qu'avec le temps, ta souffrance s'atténuerait, mais je me suis trompé. Je vous aime beaucoup, tous les deux, et je vois bien que vous souffrez terriblement l'un comme l'autre. C'est difficile de ne pas réagir ! C'est ce que j'ai fait jusqu'à hier, quand je suis allé le voir mais cette fois, j'ai senti que je devais intervenir.

Trop émue pour répondre, Ashley resta silencieuse.

— Je suis désolé d'avoir perdu ta confiance, Ashley, mais je ne regrette pas d'avoir tenté de l'aider. Je peux te garantir une chose, toutefois, c'est qu'il n'essaiera plus jamais de te joindre, car cette ultime tentative lui a beaucoup coûté. Pour dire la vérité, je suis surpris qu'il ait eu la force de t'appeler.

— Suis-je donc si odieuse? demanda-t-elle d'une voix éteinte.

— Quelle question! Je ne te juge pas, Ashley. Je ne suis pas à ta place et je ne peux imaginer ce que tu ressens. Tout ce que je sais, c'est que deux merveilleuses personnes, qui semblaient faites l'une pour l'autre, sont désormais extrêmement malheureuses, et que je ne peux rien y faire!

— Je ne voulais pas te mettre dans une situation aussi délicate, Greg. Je ne te reproche rien, au contraire, je te suis reconnaissante de ton amitié et du souci que tu te fais pour moi. Je ne veux pas devenir une femme aigrie. Il n'y a rien de pire ni de plus destructeur.

Elle releva la tête pour affronter son regard.

— Connais-tu son numéro de chambre à l'hôpital?

— Il n'y est plus.

— Que... que veux-tu dire?

— Il est rentré chez lui.

— Quoi? s'exclama-t-elle en se levant avec difficulté. Mais cela n'a pas de sens!

— J'imagine que cela en a pour lui.

Elle se mordit la lèvre.

— Je... je lui téléphonerai dès que je serai rentrée chez moi.

Il se leva à son tour et la raccompagna jusqu'à la porte.

— Ashley, dit-il avec une expression grave. Je t'en conjure, ne fais rien à moins d'être vraiment déterminée.

Ces mots résonnèrent dans sa tête tout au long de son trajet de retour...

⁂

Après avoir préparé le repas de Mme Bromwell, Ashley remonta les oreillers de la vieille dame, alluma la radio et quitta la chambre en prenant soin de bien refermer la porte. Elle se dirigea ensuite vers le téléphone, mais ne parvint pas à composer le numéro.

Une heure s'écoula sans qu'elle prenne une décision. Enfin, n'y tenant plus, elle s'empara du récepteur et appela Cord sur sa ligne directe, au bureau. La plupart du temps, Sheila décrochait pour lui.

Préparée à entendre le ton suave et satisfait de sa collaboratrice, Ashley fut déconcertée par le oui ? très sec qu'elle entendit. Visiblement, Cord était de mauvaise humeur.

— Cord ?

Un long silence suivit, prouvant à Ashley que, pour une fois, elle l'avait pris de court.

— Ashley ? Seigneur... est-ce bien toi ? dit-il d'une voix qui trahissait une vive émotion.

Rassemblant tout son courage, Ashley se lança :

— Je suis allée voir Greg, aujourd'hui. Il m'a dit que tu avais quitté l'hôpital. Pourquoi ?

— Quelle importance ? demanda-t-il d'une voix lugubre. Hier soir, tu as refusé d'écouter ce que j'avais à te dire.

Leur conversation prenait exactement le tour qu'elle avait redouté.

— Cord, veux-tu me laisser continuer, ou dois-je raccrocher ?

— Non ! Surtout pas ! Je suis de mauvaise humeur, excuse-moi. Je ne voulais pas m'en prendre à toi.

Ashley perçut chez Cord une nervosité inhabituelle.

— Si tu dois être hospitalisé, dit-elle, je ne comprends pas pourquoi tu es rentré chez toi. Qu'est-ce qui ne va pas ?

— C'est mon problème, Ashley. Mais je me débrouillerai seul.

Elle fronça les sourcils. Cord n'était plus lui-même. Il avait perdu cet entrain qu'elle lui avait toujours connu. Curieusement, l'idée qu'il pût avoir changé la troublait beaucoup. D'autant qu'il allait bientôt être père.

— J'ai pris une décision, Cord. Si tu retournes à l'hôpital, j'irai te voir là-bas.

— Pour des raisons professionnelles, c'est impossible avant lundi. Mais de toute façon, ce serait trop te demander.

Greg lui avait laissé entendre que Cord était très déprimé, et elle commençait à comprendre ce qu'il voulait dire.

— Ce n'est pas l'avis de Greg. Il pense que tu as de graves problèmes.

— Il exagère.

— Je ne crois pas. Préviens-moi dès que tu seras à City Creek. Je te rejoindrai là-bas.

— Non, merci, cela n'est pas nécessaire. Je n'aurais jamais dû t'appeler si près du divorce. Je me débrouillerai tout seul...

Ashley sentit son cœur se serrer. Elle avait l'impression qu'il renonçait à lutter. Quels que soient ses rapports avec Sheila, elle ne pouvait le laisser sombrer.

— Je... je crains que ce ne soit plus seulement ton problème.

Un autre long silence suivit.

— Que veux-tu dire ?

— Tu comprendras quand nous nous verrons, lundi matin. Je serai là-bas à la première heure.

Puis, sans lui laisser le temps de répondre, elle raccrocha. A cet instant seulement, elle comprit ce qu'elle venait de faire.

Inévitablement, il apprendrait qu'elle était sur le point de donner naissance à leur enfant !

Non seulement il serait blessé et furieux de ne pas avoir été informé, mais la voir ainsi sans y avoir été préparé risquait de lui causer un choc.

Elle avait le pressentiment que dès qu'il serait au courant, leur divorce serait retardé. Mais elle ne pouvait revenir en arrière. La santé de Cord en dépendait et elle était convaincue qu'un grave danger le menaçait.

Sa décision était prise. Elle appela une des filles de Mme Bromwell pour lui demander de la faire remplacer auprès de sa mère. Et le samedi, après l'arrivée de la nouvelle garde-malade, Ashley décida de profiter de sa liberté pour s'acheter quelques vêtements de grossesse.

Elle ne pouvait se permettre de dépenser beaucoup d'argent, mais il lui fallait quelques tenues décentes pour l'hôpital. Après mûre réflexion, elle fit l'acquisition de deux amples chemises, d'autant de pantalons de coton adaptés à sa nouvelle silhouette et de quelques robes.

A 6 heures, le lundi matin, Ashley franchissait le seuil de l'immense hôpital. Désorientée, elle se dirigea vers le bureau d'accueil.

— Je suis madame McKnight. Mon mari doit être hospitalisé aujourd'hui. Est-il déjà arrivé ?

La réceptionniste pianota sur son clavier et parcourut l'écran de son ordinateur.

— Oui. Il est là. Chambre 521-C. Prenez l'ascenseur jusqu'au cinquième étage, puis adressez-vous au bureau des infirmières. Elles vous indiqueront la chambre.

— Merci, murmura Ashley avec un soupir de soulagement.

Le cœur battant, elle suivit les indications données à l'accueil. Devant l'ascenseur, sa valise à la main, elle hésita, taraudée par le doute.

En huit mois, elle était devenue, physiquement, une autre femme. Quoique plus mince que jamais de corps, son ventre, très volumineux, indiquait clairement que sa grossesse touchait à son terme.

Tout en longeant le couloir, elle se demanda si Cord la reconnaîtrait, avec ses cheveux courts. Dans l'ensemble, son entourage avait apprécié cette nouvelle coiffure, qui mettait en valeur l'ovale de son visage et faisait ressortir le vert de ses yeux en amande. Mais elle n'ignorait pas que cette coupe la changeait beaucoup.

Elle avait hésité à retirer son alliance, mais à la dernière minute, elle avait décidé de ne pas s'en séparer. Aux yeux de la loi, Cord et elle étaient encore mariés et elle avait le sentiment que ce dernier n'apprécierait pas de voir qu'elle ne la portait plus. Elle préférait ne pas le troubler plus que nécessaire.

Après avoir hésité entre les diverses tenues qu'elle venait d'acquérir, elle s'était finalement décidée pour la robe en madras turquoise rehaussée de fils d'or. Le vêtement léger tombait droit des épaules jusqu'à l'ourlet orné de broderies. Des boucles d'oreilles en or et de confortables sandales complétaient sa tenue.

Elle ne voulait surtout pas embarrasser Cord, dont la haute et belle silhouette faisait retourner toutes les femmes sur son passage. Avec son corps athlétique, ses cheveux noirs et ses yeux d'un bleu intense, il attirait l'attention partout où il se trouvait — phénomène qu'Ashley avait été forcée d'accepter dès le début, faute de voir la jalousie lui ronger le cœur.

Seule l'indifférence de Cord devant l'engouement qu'il suscitait l'avait aidée à supporter cette situation. Et jusqu'à l'irruption de Sheila dans leur vie, il n'avait jamais donné à Ashley la moindre raison de croire qu'une autre femme occupait ses pensées.

Mais, le jour où elle avait découvert ce qui se passait entre lui et sa propre belle-mère, la jeune femme avait vu son univers s'effondrer.

Soudain, elle s'exhorta à penser à autre chose. Le passé ne comptait plus, et elle n'était là que pour sauver Cord...

Elle prit une profonde inspiration et s'approcha du bureau des infirmières.

— Bonjour... Pourriez-vous, s'il vous plaît, m'indiquer la chambre 521-C ?

— Prenez le premier couloir à droite et allez jusqu'à la double porte. C'est là.

Ashley murmura un bref remerciement, reprit sa valise et se dirigea vers la chambre. A l'angle, elle aperçut un homme grand et brun qui franchissait la porte à double battant, au fond du couloir. Malgré la distance, elle le reconnut instantanément : Cord...

Toute tremblante, elle le regarda approcher de son pas élastique si caractéristique.

Elle avait passé les deux nuits précédentes à se demander ce qu'elle lui dirait à l'instant où ils se reverraient après tous ces mois. Hélas, il passa devant elle sans s'arrêter et poursuivit son chemin en direction du grand hall !

Avait-elle donc tant changé ?

Troublée qu'il ne l'ait pas reconnue, elle se retourna pour le suivre, puis se figea sur place car il venait de faire volte-face et la contemplait d'un œil incrédule.

Soudain, elle le vit devenir si pâle qu'elle se demanda s'il n'allait pas s'évanouir. Il portait le costume gris clair qu'elle aimait tant et elle constata immédiatement qu'il avait perdu du poids. Il paraissait malade.

— Bonjour, Cord, dit-elle, retrouvant enfin sa voix.

Il s'approcha et elle vit son regard errer sur son visage, sur ses cheveux puis, enfin, sur son ventre arrondi avant de devenir aussi sombre et glacial que les profondeurs arctiques. Sa mâchoire se crispa, son corps se raidit et, de chaque côté, ses poings se serrèrent.

— Qui est le père de cet enfant ? lâcha-t-il enfin avec une fureur qu'il avait peine à contenir.

2.

Ashley aurait dû s'attendre à une telle réaction. Pourtant, elle avait prévu toutes les critiques, toutes les remarques, toutes les questions sauf celle-là. S'il était compréhensible que Cord réagisse ainsi, comment pouvait-il, toutefois, douter de sa fidélité ? Croire qu'un autre homme était le père de son enfant, qu'elle était capable de coucher avec un autre tout en étant mariée avec lui ?

Quelle cruelle ironie ! Elle en aurait ri si elle n'avait pas lutté pour retenir ses larmes.

— Pourrions-nous parler de tout cela en privé ? murmura-t-elle en voyant le regard intrigué des gens qui allaient et venaient dans le couloir.

Comme un automate, il saisit sa valise, lui prit fermement le coude et l'entraîna le long du couloir jusqu'à une porte ouvrant sur une buanderie.

— Cord ! Nous ne pouvons pas entrer ici ! protesta-t-elle faiblement.

— C'est fait.

Il claqua la porte derrière eux.

Elle ne l'avait pas approché depuis si longtemps qu'elle avait oublié combien elle était sensible à sa virilité, à la note boisée de son après-rasage, à la chaleur de son corps qui électrisait le sien.

Soudain, deux mains d'acier se posèrent sur ses épaules et l'obligèrent à s'approcher de lui.

— Regarde-moi ! ordonna-t-il.

Elle leva timidement la tête pour affronter son regard inquisiteur.

— Dis-moi de qui il s'agit, Ashley, poursuivit-il sur le même ton.

Un pli douloureux barra soudain son front et il ajouta :

— Greg ! C'est l'enfant de Greg, n'est-ce pas ?

— Greg ? répéta-t-elle, ébahie.

Elle sentit l'étau de ses mains se resserrer et ses doigts s'enfoncer dans la chair tendre de ses bras.

— Il a toujours été fou de toi. Voilà pourquoi il t'avait embauchée et pourquoi il s'est toujours montré si aimable avec toi. Bon sang... ma femme avec mon meilleur ami ! conclut-il avec une expression hagarde qui bouleversa Ashley.

C'était le moment de lui parler de Sheila et de lui faire comprendre le mal que leur liaison lui avait fait, songea Ashley. Mais elle en était incapable.

— Cord, je t'en supplie. tu me fais mal ! gémit-elle.

Il la lâcha d'un geste brusque, et elle respira profondément avant de reprendre la parole.

— La veille de mon départ, tu es venu dans ma chambre et... tu sais ce qui s'y est passé. Quelques semaines plus tard, comme je présentais tous les symptômes de la grippe, je suis allée consulter le Dr Noble. Il m'a prescrit de nombreux examens, mais tout était normal. En plaisantant, il a déclaré que mes symptômes ressemblaient aux malaises d'une femme enceinte. Puis il m'a demandé à quand remontaient nos derniers rapports...

Cord l'écoutait parler, le regard perdu dans le vague.

— Une chose en amenant une autre, poursuivit-elle, il a décidé de me prescrire un test de grossesse. Il a expliqué que les choses les plus étranges arrivaient dans ce domaine, et que, parfois, un couple stérile pouvait défier toutes les lois de la médecine.

Après le premier résultat, positif, il a prescrit deux autres tests, pour plus de certitude. Puis il m'a dit que nous étions entrés dans les annales de la médecine...

Elle redressa fièrement la tête.

— Cet enfant est de toi, Cord ! Et de personne d'autre.

Un silence étouffant envahit soudain la pièce, et Ashley vit l'expression de Cord se transformer peu à peu. C'était comme si une nouvelle vie prenait possession de son corps. Sa poitrine athlétique se souleva sous l'effet puissant d'émotions inconnues qui cherchaient une voie pour s'exprimer.

Ashley songea soudain que, trop longtemps, elle avait gardé pour elle ce lourd secret, attendant d'avoir divorcé pour le divulguer.

Mais désormais, son mari connaissait la vérité et tout était sur le point de basculer...

— J'imagine que tu comptais m'annoncer la nouvelle après coup, lança-t-il d'un ton acide.

Assaillie par un écrasant sentiment de culpabilité, elle bredouilla :

— Je... je pensais qu'il valait mieux garder le secret pour ne pas freiner la procédure du divorce. Sheila avait laissé entendre que tous les deux, vous aviez hâte de...

— Au diable Sheila ! coupa-t-il, furieux. Tu savais à quel point je désirais avoir un enfant, et tu ne m'as rien dit ! Bon sang, Ashley...

— Mais..., protesta Ashley, la gorge nouée. Sheila a dit que...

— Je ne veux plus jamais entendre mentionner son nom, hurla-t-il, laissant exploser sa colère. Quand notre enfant doit-il naître ?

— Le 30 mai. Dans quatre semaines.

— La veille de mon propre anniversaire, murmura-t-il, comme pour lui-même. As-tu déjà fait faire une échographie ?

— Oui. D'après le médecin, tout va bien.

Elle vit sa solide mâchoire tressaillir, signe qu'il était en proie à une vive émotion.

— Est-ce un garçon ou une fille ?

Ashley baissa les yeux.

— Je ne sais pas.

— Pourquoi ?

— Je... je préférais que ce soit une surprise. J'ai demandé au médecin de ne rien me dire. Tout ce qui compte, pour moi, c'est qu'il soit normal.

— Si je ne t'avais pas téléphoné, je n'aurais rien su jusqu'à la naissance de l'enfant, murmura-t-il d'une voix lointaine. Qu'est-ce qui t'a fait changer d'avis ?

— Greg a dit...

Elle se tut, craignant d'en dire trop. Parler à Cord de son meilleur ami était une entreprise délicate. Elle ignorait ce qu'elle pouvait ou non révéler.

— Parle !

— Il s'inquiétait à ton sujet, voilà tout.

Une lueur haineuse anima son regard.

— Il a toujours eu beaucoup d'influence sur toi.

Elle réprima à grand-peine l'envie de lui rappeler qu'un simple coup de téléphone de Sheila suffisait pour le faire accourir. Soudain, Cord posa la main sur sa tête, et elle réprima un gémissement quand il se mit à lui caresser les cheveux.

— J'aime bien cette coiffure, murmura-t-il. Je suis sûr que notre bébé te ressemblera..., ajouta-t-il d'une voix où perçait plus d'émotion que de colère.

A cet instant, la porte s'ouvrit en grand et une femme de ménage entra. Elle poussa un cri en les découvrant là, tous les deux.

— Désolé, dit Cord avec un grand sourire en glissant un bras possessif autour de la taille d'Ashley. Je mourais d'envie d'embrasser mon épouse, et je ne voulais pas de témoins.

La femme laissa échapper un petit rire, visiblement amusée par la scène.

— Vous pouvez rester là aussi longtemps que vous voudrez. Laissez-moi juste le temps de ranger cette cireuse.

Décidément, songea Ashley, Cord avait le sens de l'à-propos...

Du dos de la main, il effleura la joue cramoisie d'Ashley,

qui ne put réprimer un frisson. Puis il plissa les yeux et déclara en observant son visage :

— Je pense qu'il est grand temps de sortir prendre l'air.

L'employée sourit et leur adressa un signe de la main avant de se remettre au travail. Ashley, encore étourdie par les sensations que la caresse de Cord avait éveillées en elle, le suivit d'un pas mal assuré.

Comme ils approchaient du bureau des infirmières, un homme en blouse blanche, âgé d'une soixantaine d'années, leva la tête, puis sourit à Cord.

— Vous avez retrouvé votre femme, à ce que je vois...

— En effet. Ashley, je te présente le Dr Drake, le chef du service.

Elle serra poliment la main du médecin, mais son esprit était resté accroché au mot « service ».

— De... de quel service s'agit-il ? bredouilla-t-elle.

Le médecin fronça les sourcils, l'air surpris.

— Ashley vient d'arriver, intervint Cord, et nous n'avons pas encore eu le temps d'en parler.

— De quoi s'agit-il ? insista-t-elle, de plus en plus alarmée.

Le Dr Drake se tourna vers Cord.

— Je pensais que vous lui aviez expliqué de quoi il retournait.

Ashley avala sa salive.

— Je... je crains de ne pas lui en avoir laissé la possibilité. Voyez-vous, nous sommes en train de divorcer et nous n'avons eu aucun contact depuis des mois.

— Je sais. Cela, votre mari me l'a expliqué. Mais... Puis-je compter sur vous, madame McKnight ? Etes-vous ici parce que vous souhaitez aider votre mari ?

Après un bref silence, elle murmura :

— Oui.

— Parfait. Comme vous le savez sans doute, nous organisons chaque année, dans ce pays, une journée sans tabac. Ceux qui souhaitent arrêter de fumer s'abstiennent pendant vingt-quatre heures. Parallèlement à cette journée, nous avons mené, il y a dix ans, un programme appelé le « Grand Pari Antitabac de Salt Lake City ».

Ashley avait entendu parler de cet événement.

— L'opération a réussi au-delà de nos espérances et nous l'avons reconduite chaque année depuis. Il s'agit d'un programme pour couples. Six d'entre eux, ayant des problèmes liés au tabagisme, viennent à l'hôpital suivre un programme d'une semaine destiné à les libérer du tabac. Ce programme est fondé sur une thérapie de couple.

— Mais, docteur Drake... aucun de nous deux ne fume !

— Votre mari fumait quand il était à l'Université, mais avait arrêté à l'époque où il était garde forestier.

Ashley écarquilla les yeux. Cord ne lui en avait jamais rien dit...

— Depuis que vous êtes séparés, reprit l'homme, il a recommencé à fumer. A présent, il souhaite désespérément arrêter et s'est adressé à nous. Son cas nous intéresse car il n'est qu'un fumeur occasionnel. Nous pensons que sa rechute trahit un stress émotionnel et des problèmes profondément ancrés en lui, et qui restent non résolus. Nous avons constaté qu'il est plus facile pour le patient que son conjoint participe également au programme.

Le praticien marqua une pause avant de continuer :

— Dans votre situation, c'est très nettement le traumatisme du divorce qui a provoqué chez votre mari le besoin de fumer. Vous êtes donc la personne qui peut l'aider à en apprendre davantage sur lui-même et à chercher les réponses à ses questions. Mais vous n'êtes pas obligée d'accepter. Il faudra être très solide pour pouvoir rejouer certaines scènes pénibles, si je puis m'exprimer ainsi, et vous replacer ainsi dans une situation de grande vulnérabilité...

Ashley ne put réprimer un frémissement. Les mots du médecin la touchaient en plein cœur.

— En fait, poursuivit ce dernier, en dix ans, je n'ai connu qu'un seul autre couple en instance de divorce. Ils ont abandonné le programme avant la fin. Pour eux, cela n'a pas marché. Mais M. McKnight semble très déterminé. Parlez-en et faites-moi connaître votre décision au plus vite. Si vous renoncez, je serai obligé de donner votre place à un autre couple. Nous avons beaucoup de demandes...

Abasourdie, Ashley regarda le médecin poser une main amicale sur l'épaule de Cord puis s'éloigner.

— Quand je t'ai épousé, je croyais tout savoir de toi, assura-t-elle, mais il me semble aujourd'hui qu'il n'en est rien. Tout le week-end, je me suis rongée d'inquiétude, imaginant que tu étais atteint d'une maladie mortelle et que Greg n'osait pas me le dire. Et voici que ce matin, je découvre que tu as un problème de tabagisme! C'est absurde...

Elle laissa échapper un rire amer.

— Pour moi, c'est très sérieux, répondit Cord. Et ça l'est d'autant plus depuis que je sais que tu es enceinte.

Ashley n'avait rien à répondre à cela. Ils avaient passé les six derniers mois de leur mariage chacun de leur côté, et elle n'avait pas la moindre idée de ce qu'il faisait quand il était loin d'elle. Avec l'aide de Sheila et de quelques employés, Cord administrait la très florissante entreprise de chips McKnight.

Sheila fumait beaucoup, et Cord avait sans doute, à son contact, cédé à la tentation...

Bien entendu, elle souhaitait qu'il arrête de fumer. Il était probable que sa future paternité constituerait une motivation supplémentaire, mais serait-il capable de rester une semaine entière loin de Sheila? se demanda Ashley avec amertume. Comment survivraient-ils, lui et sa belle-mère, à une si longue séparation?

Elle humecta ses lèvres desséchées.

— Il ne me serait jamais venu à l'idée que tu pouvais être fumeur.

— J'ai arrêté quand je suis devenu garde forestier et je pensais être définitivement débarrassé du tabac.

Il se tut un instant avant de reprendre :

— Je me trompais. A présent, tu connais la vérité. Je ne

t'en voudrai pas si tu décides de partir. Je peux me procurer toute l'aide dont j'ai besoin à travers une thérapie individuelle. Je dois avouer que l'idée du travail en couple m'avait séduit, mais c'était sans doute une erreur de faire appel à toi. Si tu es prête, je vais te raccompagner...

Il lui prit le coude et voulut se diriger vers les ascenseurs, mais elle retira son bras. Il fronça des sourcils interrogateurs.

— Cord, étant donné le mal que tu t'es déjà donné, j'imagine que tu tiens vraiment à arrêter de fumer. Je vais rester jusqu'au premier rendez-vous avec le psychologue. Pour la suite, je ne peux rien te promettre.

Cord se raidit.

— Et ton travail ?

— La personne qui devait me remplacer au moment de l'accouchement se trouve auprès de Mme Bromwell. Ce matin, j'ai pris la décision, quoi qu'il arrive, de ne pas y retourner. Cela ne posera pas de problème car sa famille était prévenue.

— Tu as raison. Notre bébé pourrait décider de naître plus tôt que prévu.

— C'est possible, admit-elle. Mais selon le médecin, il n'y a aucune raison pour que ma grossesse n'aille pas jusqu'à son terme.

— Franchement, je suis heureux que tu arrêtes de travailler.

Ashley détourna les yeux.

— Excuse-moi un instant, je dois téléphoner...

Elle se pencha vers la standardiste, qui l'autorisa à utiliser son téléphone.

Pendant tout le temps que dura sa conversation avec la fille de Mme Bromwell, elle sentit la présence de Cord dans son dos, et eut beaucoup de mal à se concentrer. Elle raccrocha très vite, après avoir promis de rester en contact avec la famille.

— Allons à l'auditorium, dit-elle en se tournant vers Cord.

Il l'observa d'un œil soucieux.

— Es-tu sûre que tout va bien ? As-tu besoin de quelque chose ?

— Non, merci.

— Si ça ne va pas, dis-le-moi.

S'il y avait une chose dont elle ne doutait pas, à propos de Cord, c'était qu'il saurait prendre soin d'elle.

— Je te le promets, dit-elle pour le rassurer.

Quand ils entrèrent dans la salle, le Dr Drake était en plein exposé. Cord prit Ashley par l'épaule et la guida jusqu'à une rangée libre, où ils prirent place.

La jeune femme tressaillit quand Cord s'empara de sa main gauche. Elle le sentit toucher son alliance pour s'assurer, sans doute, qu'elle était bien là et, quand elle voulut retirer sa main, il resserra légèrement son étreinte.

Il se passait exactement ce qu'elle avait redouté. Maintenant qu'il savait qu'il allait devenir père, il se comportait en propriétaire !

Elle se promit de lui rappeler, lorsqu'ils seraient seuls, qu'ils étaient en train de divorcer. Elle devait lui faire comprendre que l'unique raison de sa présence auprès de lui était de l'aider à résoudre son problème de tabagisme...

A présent, le Dr Drake expliquait les modalités de la cure.

— ... A l'issue de cette première réunion, nous assignerons une chambre à chaque couple. Nous vous demandons de vous y rendre et de vous installer. Le petit déjeuner sera servi à 7 h 30 dans la salle de conférences voisine. A 8 heures, un psychologue viendra voir chaque couple dans sa chambre. Le déjeuner sera servi à midi, et suivi d'une réunion qui nous permettra de faire plus ample connaissance. Pour la suite, nous verrons plus tard. A présent, je voudrais vous présenter Mack et Barbara, qui ont suivi notre programme pilote il y a dix ans. Mack était un grand fumeur et avait essayé des dizaines de fois d'arrêter de fumer sans jamais y parvenir.

Le Dr Drake se tourna vers un homme âgé d'une cinquantaine d'années.

— Mack ? Pouvez-vous nous raconter ce qui s'est passé quand vous êtes arrivé ici ?

Ashley s'efforça d'écouter les explications de l'ancien patient, mais la jambe de Cord qui frôlait sans cesse la sienne l'empêchait de se concentrer. Elle sentait peser sur elle le regard de Cord, qui suivait lentement la courbe de son ventre arrondi. Il l'étudiait. Sans doute se rappelait-il la dernière image qu'il avait eue d'elle. Non sans une certaine gêne, elle se rappela l'abandon avec lequel elle s'était lovée contre lui après leur folle nuit d'amour. Pourtant, dès qu'elle avait été endormie, il s'était échappé sans bruit et avait regagné sa propre chambre...

Avant leur étreinte pourtant, il l'avait suppliée de croire qu'il n'y avait jamais rien eu entre Sheila et lui, et elle avait décidé de lui faire confiance, espérant que cette nuit d'amour marquerait pour eux un nouveau départ.

Mais, alors qu'elle se tenait près de la porte de sa chambre, elle avait entendu la voix de Sheila, et glissé la tête dans l'entrebâillement. Ce qu'elle y avait vu avait transformé cet instant en cauchemar...

Moins de dix minutes plus tard, elle faisait sa valise et quittait les lieux. Depuis cet affreux matin, elle n'avait plus jamais franchi le seuil de la maison McKnight.

— Ashley ? Il est temps de nous rendre dans notre chambre. Les autres sont déjà partis...

La voix suave de Cord la ramena brusquement au présent.

— Pardon ? dit-elle en tournant la tête.

Il scruta son visage.

— Tu es toute pâle, dit-il enfin.

— Ce doit être la faim, mentit-elle. Rien de grave.

— Veux-tu prendre un jus de fruits avant de gagner notre chambre ? Il y a un distributeur dans le hall.

— Bonne idée.

Après avoir vécu seule pendant si longtemps, elle trouvait bien agréable de se laisser prendre en charge. Personne n'était plus attentif à ses moindres désirs que Cord.

⁂

Quelques minutes plus tard, tandis qu'elle vidait consciencieusement son verre de jus d'orange, il posa sa valise sur la table et commença à en sortir ses affaires.

Bien qu'elle ait été mariée avec lui pendant plus de six ans, elle éprouva une certaine gêne à le voir déballer ses chemises de nuit et ses sous-vêtements.

— Qu'est-ce que c'est? demanda-t-il en brandissant plusieurs boîtes de pilules.

— Des vitamines et du calcium.

Il les posa sur la table de nuit.

— Quand dois-tu les prendre?

— Les vitamines, le matin. Le calcium, deux fois par jour.

Tout homme apprenant qu'il va être père manifeste une certaine curiosité, mais Cord, persuadé jusque-là qu'il ne pourrait jamais avoir d'enfant, se montrait encore plus curieux...

Chaque fois qu'il posait les yeux sur elle, elle lisait dans son regard toute l'excitation provoquée par cette nouvelle. Il ne pouvait s'empêcher de la toucher à tout instant, et prenait très au sérieux son rôle de futur père, ce qui se traduisait par un fort sentiment protecteur.

Ashley ne pouvait l'en blâmer. En cet instant précis, elle doutait que Sheila elle-même eût le pouvoir de l'éloigner d'elle. Même si tout risquait de changer lorsque l'enfant serait né, il était évident que, d'ici là, Cord ne songerait qu'à ce bébé.

A l'idée que Cord devrait annoncer à sa belle-mère sa future paternité, elle ne put s'empêcher d'éprouver une certaine satisfaction. Car, si Sheila la haïssait déjà, qu'en serait-il lorsqu'elle apprendrait qu'elle portait l'enfant de Cord?

Suivant le fil de ses pensées, elle se demanda jusqu'à quel point l'enfant contrarierait les projets d'avenir de Cord et de Sheila.

S'il l'épousait, cela signifierait qu'il y aurait une autre

femme — et quelle femme ! — dans la vie de leur enfant. Mais Ashley ne pouvait envisager une si terrible éventualité.

— Tu es toujours aussi pâle ! déclara Cord d'une voix soucieuse. Allons nous restaurer.

— Je n'ai pas vraiment faim. Mais toi, en revanche, tu dois être affamé. Pourquoi n'y vas-tu pas tout seul ? J'ai grignoté avant de venir à l'hôpital. De plus, j'ai un peu mal au dos et j'aimerais m'allonger avant l'arrivée du psychologue.

— Alors, laisse-moi t'aider, dit-il avec une douceur qui rappela à la jeune femme le Cord d'autrefois, celui dont elle était tombée amoureuse.

L'instant d'après, penché sur elle, il la soulevait pour l'aider à s'allonger confortablement sur le lit.

Devant tant de sollicitude, Ashley éprouva un sentiment de bien-être et de souffrance mêlés, et détourna la tête, redoutant de croiser son regard.

— Il fait un peu froid, ici, dit-elle en remontant la couverture sur elle.

Elle retint sa respiration quand les mains de Cord, comme animées d'une vie propre, se posèrent sur son ventre et ferma les yeux quand elles commencèrent à le caresser.

Le contact de ses mains était aussi léger que celui d'une plume, mais son corps tout entier tremblait de désir refoulé. Il y avait huit mois qu'elle n'avait éprouvé un tel plaisir. Huit interminables mois de solitude. Elle aurait voulu qu'il ne s'arrête jamais.

— C'est un miracle, chérie..., l'entendit-elle murmurer d'une voix rauque.

Soudain, la couverture disparut et le contact sur son ventre se fit un peu plus direct. Elle rouvrit les yeux et le vit poser sa joue sur son ventre. Elle laissa échapper un petit cri quand il l'embrassa à travers la fine étoffe de sa robe.

Soudain, elle sentit des larmes jaillir de ses yeux. Depuis qu'ils se connaissaient, il l'avait embrassée de multiples fois, en de multiples occasions, mais jamais elle n'avait été aussi émue, jamais elle ne s'était sentie aussi adulée qu'en cet instant.

Cord ne saurait jamais ce que porter un enfant représentait. Pourtant, cet enfant était aussi le sien. Et elle comprit à cet instant que, pour lui, la seule façon de partager avec elle l'intimité de cette expérience était de toucher son ventre...

Mais elle n'avait pas prévu l'indescriptible émotion qui la saisit, lui donnant envie d'oublier toutes les souffrances du passé pour attendre avec lui la venue du petit être qui était en train de croître en elle. Alors qu'elle avait eu huit mois pour s'émerveiller, Cord, lui, venait seulement de découvrir que sa vie se prolongeait dans le bébé à naître...

Toute sa vie, songea-t-elle, elle chérirait le souvenir de cet instant, même quand ils seraient de nouveau séparés. Ce qui ne manquerait pas de se produire, lui rappela une petite voix au fond d'elle-même.

— Je ne serai pas long, murmura soudain Cord en déposant un baiser rapide mais ardent sur ses lèvres.

Puis, après avoir remis la couverture en place, il traversa la pièce en quelques enjambées et referma sans bruit la porte derrière lui.

3.

— Bonjour, vous deux ! lança avec un sourire jovial l'homme qui venait de frapper à la porte de la chambre. Mon nom est Vincent Warren. Mais puisque nous sommes appelés à mieux nous connaître... appelez-moi tout simplement Vince, d'accord ?

— Cela nous convient, répondit Cord, parlant pour eux deux.

Assis sur une chaise à côté du lit, il tenait à la main une tasse de café rapportée de la salle à manger. Il avait pensé à prendre également un morceau de pain et un pamplemousse pour le cas où Ashley aurait un petit creux, plus tard.

Assise au bord du lit, la jeune femme s'efforçait de dissiper le trouble profond dans lequel l'avait plongée le baiser de Cord avant son départ pour la salle à manger.

Malgré la confusion qui régnait dans son esprit, elle nota que la blouse bleu ciel et le bloc-notes calé sous son bras donnaient à ce psychologue entre deux âges un air très professionnel.

— Ashley ? Etes-vous d'accord pour que je vous appelle ainsi ?

Elle acquiesça.

— Et vous, monsieur ? M'autorisez-vous à vous appeler Cord ? demanda-t-il en déposant ses affaires sur la table de nuit pour sortir quelque chose de sa poche. Parfait... Cord, donc, je vais vous coller ce patch à la base du cou. Comme vous le savez sans doute, c'est une méthode de sevrage efficace.

— Y a-t-il des effets secondaires ? intervint Ashley d'une voix soucieuse, ce qui lui valut un regard étonné de Cord.

Elle se tourna vers Vince pour expliquer :

— Cord a eu, dans le passé, une réaction très violente à des antalgiques.

— C'est vrai, murmura Cord. J'avais oublié.

— Franchement, Cord, comment peux-tu avoir oublié cette expérience qui a failli te coûter la vie ! s'écria-t-elle en frissonnant au souvenir de ces instants douloureux.

— Intéressant, intervint Vince en griffonnant quelques notes sur son bloc. Il faudra que vous me racontiez cette histoire, plus tard. De quel médicament s'agissait-il ?

— De Percodan, répondit Ashley sans hésiter.

— Alors, vous êtes sans doute allergique à la codéine. Mais le patch n'en contient pas, soyez rassurés. Néanmoins, nous vous surveillerons de près.

L'application du patch dura à peine une minute. Quand il eut terminé, Vince prit une chaise et s'assit face à eux.

— J'imagine que le Dr Drake vous a déjà expliqué le principe de notre programme. Il consiste à établir un profil psychologique de chacun de vous pour vous aider à vous défaire de l'envie de fumer. Or, ce qui vient de se passer — le fait que votre femme se rappelle un incident de votre vie que vous-même considériez comme peu important — est très intéressant... Si j'ai bien compris, vous avez longtemps vécu en plein air, avant de revenir vous établir à Salt Lake City. Manifestement, l'accident qu'Ashley vient de décrire était banal pour vous, alors que, pour elle, il signifiait beaucoup plus qu'une simple menace...

Il marqua une légère pause avant de conclure :

— Voyez-vous le bénéfice que l'on peut tirer à vous interroger simultanément ?

Ashley ne le voyait que trop bien. Elle coula un regard en direction de Cord, mais son expression fermée ne lui révéla rien de ses pensées.

— Volonté et maîtrise de soi sont les deux clés d'une vie équilibrée, expliqua Vince, mais beaucoup d'autres facteurs entrent en ligne de compte. J'espère que d'ici à la fin de la semaine, nous aurons accompli de grands progrès.

Puis il se tourna vers Cord et le regarda avec attention.

— Cord, nous aimerions vous voir quitter ces lieux en pleine forme physique et débarrassé à jamais de l'envie de fumer, premièrement parce que le tabac est dangereux pour la santé, et deuxièmement parce que, grâce à la thérapie que vous allez suivre, vous aurez trouvé ce qui, dans votre vie, vous poussait à y avoir recours.

Mal à l'aise, Ashley changea de position. Remonter dans le passé équivalait à ouvrir la boîte de Pandore. Elle redoutait ce processus et se demandait si elle aurait la témérité de rester jusqu'au bout.

Soudain, le regard de Vince se posa sur elle.

— Si la position assise ne vous convient pas, dit-il, n'hésitez pas à vous lever pour marcher ou, au contraire, à vous allonger.

— Merci. Ça va bien pour l'instant.

Du point de vue physique, elle avait eu une grossesse facile. A l'exception de quelques douleurs occasionnelles, elle n'avait que peu souffert de son état.

C'est moralement que cela n'allait pas, eut-elle envie de crier à Vince. Se trouver aussi près de Cord la faisait souffrir...

— D'après les notes du Dr Drake, poursuivit le psychologue en se tournant vers elle, c'est vous qui avez demandé le divorce. Est-ce exact ?

— Oui.

— Depuis combien de temps êtes-vous séparés ?

— Huit mois.

— Vous êtes-vous revus entre-temps ?

Elle baissa la tête pour se dérober au regard inquisiteur de Cord.

— Pas avant ce matin.

— Il n'y a donc eu aucune communication entre vous jusqu'à aujourd'hui ?

— Cord m'a téléphoné vendredi dernier.

— Pourtant, vous êtes suffisamment attachée à lui pour accepter de l'aider, et lui tient à vous au point de vous demander de l'aide. Cela me semble un bon début pour construire quelque chose de positif pendant votre séjour parmi nous.

Il s'éclaircit la voix.

— Bien. Commençons par vous, Cord. Quel âge avez-vous ?

— Trente-six ans.

— D'après ce que j'ai compris, vous n'avez commencé à fumer qu'à l'Université.

— C'est exact, répondit-il d'une voix posée.

Ashley gardait les yeux fixés sur Vince, mais tout son être était tendu vers ce que disait Cord.

— Aviez-vous été tenté par la cigarette avant cette époque ?

— Non.

— En général, les jeunes fument leur première cigarette dès le collège ou le lycée. Savez-vous ce qui vous a poussé à commencer, si tard ?

— Je n'en sais trop rien. A cette époque, j'étais mal dans ma peau. Les camarades qui partageaient l'appartement avec moi fumaient tous. Un soir, au cours d'une fête, l'un d'eux m'a proposé une cigarette et j'ai pensé : « Pourquoi pas ? » C'est comme cela que j'ai commencé.

— Je suppose que ce n'était ni la première ni la dernière fois que vous vous sentiez mal à l'aise, alors qu'y avait-il de différent, cette fois-là ?

Cord ne répondit pas tout de suite et prit une profonde inspiration avant de parler, comme pour se donner du courage.

— Je venais de quitter la maison après une violente scène avec mon père.

— Votre mère y était-elle mêlée ?

— Non.

L'un des grands regrets d'Ashley était de n'avoir jamais connu la mère de Cord, qu'il avait adorée. Son père, en revanche, était un homme froid, distant, avec lequel il n'avait que peu de contacts.

— Quel âge aviez-vous alors ? Dix-huit ans ?

Cord acquiesça.

— Parlez-moi de votre famille. Avez-vous des frères et sœurs ?

— Je suis fils unique.

Vince nota quelques mots.

— L'Université était loin de chez vous. Je suppose que vous rendiez visite à vos parents plusieurs fois par an, n'est-ce pas ?

— Non, répondit Cord d'un ton sec.

Surprise par sa réponse, Ashley tourna la tête vers lui, le cœur battant.

— Et pourquoi pas ?

Cord se pencha en avant, les mains jointes entre ses jambes.

— Mon père et moi, déclara-t-il d'un ton très solennel, étions devenus des étrangers bien avant mon départ pour l'Université.

— Pourquoi ?

Le visage de Cord s'assombrit.

— Je travaillais pour lui, au bureau, depuis l'âge de quatorze ans. J'y accomplissais de menues tâches, tout ce qu'il me demandait. Il avait toujours été clair qu'un jour je lui succéderais à la tête de l'entreprise familiale et il voulait que je la connaisse parfaitement.

— J'ai l'impression que l'idée de prendre sa place ne vous séduisait pas, commenta Vince, qui avait noté son ton grinçant.

— Non. Mes intérêts étaient ailleurs. Mais comme j'étais son fils unique, je me sentais piégé.

— Tu ne m'as jamais rien dit de tout cela, intervint Ashley d'une voix faible.

L'air absent, Cord se caressa la lèvre avec le pouce.

— Je n'ai jamais rien dit à personne, car ma mère me suppliait d'obéir à mon père. Et je ne voulais surtout pas la décevoir, elle.

— Elle souhaitait sans doute votre bonheur...

Un voile de tristesse assombrit le regard de Cord.

— J'en suis convaincu. Comme papa semblait incapable de la rendre heureuse, je croyais que j'y parviendrais, moi. Bref, au mois de mai de ma dernière année de lycée, environ trois semaines avant l'examen, papa engagea une nouvelle réceptionniste, l'autre ayant démissionné pour se marier.

Le regard sombre, Cord tourna la tête vers Ashley.

— Elle s'appelait Sheila Wright.

Ashley laissa échapper une exclamation de surprise.

— Tu la connais vraiment depuis tout ce temps ? s'écria-t-elle, éberluée. Mais alors... cela signifie qu'elle dit la vérité !

Pour la seconde fois de la matinée, elle vit Cord blêmir.

— Bien, dit Vince en se levant. Je vois que nous touchons un point extrêmement sensible...

Puis il s'adressa à Ashley.

— Sheila est-elle responsable de votre rupture avec votre mari ?

— En partie...

La jeune femme se tut. Elle était sur le point de défaillir.

— J'ai besoin de sortir d'ici !

— Ashley !

Elle perçut le ton suppliant de Cord, mais l'idée que Sheila était sa maîtresse depuis le lycée lui était insupportable. Si celle-ci avait laissé entendre qu'elle était la femme de sa vie, Cord avait toujours nié. Et Ashley s'était accrochée à l'idée qu'elle était la seule personne qui comptait pour lui...

— Si vous voulez bien nous excuser, Cord, je souhaiterais parler à Ashley en privé, dit Vince.

Il rattrapa la jeune femme dans le couloir.

— Je vois bien que vous souffrez, Ashley. Et plus nous creuserons, plus ce sera douloureux. Mais avant que vous quittiez l'hôpital, j'aimerais que vous réfléchissiez à deux ou trois choses. Tout d'abord, sans votre participation, votre époux ne peut suivre ce programme particulier. Ensuite, il n'y a pas dix minutes que nous travaillons ensemble et déjà vous avez découvert des choses sur le passé de votre mari. Ne croyez-vous pas qu'il serait préférable, avant de renoncer définitivement à votre mariage, de connaître toute la vérité, plutôt que des bribes éparses ? Cord est un être très secret, habitué à garder pour lui des souvenirs qui le détruisent et qui vous font souffrir.

Il réfléchit quelques instants, puis reprit :

— Si vous ne vous sentez pas la force de rester, je vous suggère de prendre rendez-vous avec le Dr Drake, car vous avez besoin d'aide avant la naissance de votre bébé. Les fardeaux émotionnels qui vous oppressent nuiront forcément à votre enfant. Réfléchissez aussi à cet aspect de la question. Mais, si vous décidez de divorcer malgré tout, le travail que vous aurez accompli ici vous permettra de clore définitivement l'épisode de votre mariage.

Ashley se massa les tempes pour tenter de refouler la migraine qu'elle sentait venir.

— Vous avez sans doute raison, Vince. Mais c'est tellement dur...

— Parce que vous l'aimez toujours.

Elle aurait voulu lui répondre que non, mais elle savait qu'il avait raison.

— Peu importe. Vous ne devez songer qu'au bonheur de votre enfant. Que vous restiez mariés ou que vous divorciez, vous devrez prendre un nouveau départ avec une foi renouvelée dans l'avenir. Avec un peu de chance, Cord n'aura plus jamais besoin de béquilles telles que la cigarette...

Vince avait raison. L'enjeu dépassait largement leurs querelles de couple. Leur enfant méritait le meilleur d'eux-mêmes. Ashley avait promis à Cord de rester jusqu'à la première séance, mais les mots du psychologue avaient touché en elle une corde sensible et désormais, elle ne pouvait plus partir.

Cependant, il lui fallait encore trouver la force d'entendre les détails affligeants de la longue liaison de Cord et de Sheila.

— Je suis désolée d'avoir fui ainsi, dit-elle.
— C'était une réaction normale, Ashley.
— Si je veux rester, il va falloir que je trouve une autre façon de gérer ma souffrance.
— Gardez pour objectif le bien-être de votre enfant, et tout ira bien.
Après un silence, Vince ajouta :
— Voulez-vous attendre la réunion de groupe, cet après-midi, avant de reprendre notre entretien ?
— Non. Mieux vaut tirer tout cela au clair le plus tôt possible.
— Bravo !
En se tournant pour rentrer dans la chambre, elle découvrit Cord sur le seuil, le visage fermé, qui lui assura :
— Tu as promis de rester jusqu'à la première séance, mais désormais, je ne te retiens plus...
Ashley respira à fond pour se donner du courage.
— Je dois admettre que je préférerais être n'importe où ailleurs qu'ici...
A ces mots, elle vit les yeux de Cord s'assombrir.
— Mais Vince a raison, s'empressa-t-elle d'ajouter. Si tu ne me dis jamais l'entière vérité, si je ne reste pas suffisamment longtemps pour l'entendre, nous traînerons d'inutiles fardeaux jusqu'à la fin de nos jours. Ce serait préjudiciable à notre bébé. Donc, pour lui, je reste.
Cette déclaration fit s'assombrir encore le visage de Cord.
— J'imagine que je ne peux pas exiger davantage.
Il l'observa d'un œil si attentif qu'elle sentit ses jambes fléchir.
— Es-tu sûre de pouvoir le supporter physiquement ?
— Ça ira.
Elle passa devant lui, mais effleura avec son ventre protubérant le bras de Cord. Le moindre contact lui faisait l'effet d'une décharge électrique. Pour dissimuler son trouble, elle alla s'asseoir sur le bord du lit, près de la table de nuit, et commença à grignoter le morceau de pain qu'il lui avait rapporté de la salle à manger.

Quand Vince reprit son interrogatoire, Cord se tenait près d'elle, les mains posées sur le dossier d'une chaise. Elle vit ses articulations blanchir, signe d'une grande tension.

— Vous nous avez expliqué, Cord, que votre père et vous étiez devenus des étrangers, puis vous avez évoqué cette femme, Sheila. Reprenons à ce point, voulez-vous ?

Guettant la réponse de Cord, Ashley, sans même s'en rendre compte, réduisit en miettes le morceau de pain.

— Sheila avait vingt-cinq ans quand papa l'a engagée — sept ans de plus que moi. C'était une jolie blonde qui se savait séduisante. J'avais remarqué qu'elle flirtait avec tous les hommes du bureau, qu'ils soient mariés ou célibataires.

— Et avec vous ?

— Surtout avec moi.

Ashley ferma les yeux.

— Comme n'importe quel autre lycéen, j'étais flatté des attentions d'une femme plus âgée. Je profitai de ma situation pour rester au bureau le soir, dans l'espoir qu'elle s'attarderait, elle aussi.

» Un soir, mon vœu se réalisa. Elle n'avait pas de voiture et cherchait quelqu'un pour la raccompagner chez elle. Je me suis proposé et elle m'a invité à monter boire un verre.

» Ne croyant pas ma chance, j'acceptai immédiatement. Après avoir mis de la musique et m'avoir fait asseoir sur le canapé, elle alla chercher deux bières, puis me demanda si je voulais danser. J'étais surexcité. Quelques minutes plus tard, nous nous embrassions...

Ashley retint son souffle.

— Visiblement, poursuivit Cord, elle savait ce qu'elle faisait. Je n'étais pas aussi expérimenté qu'elle et, même si j'avais déjà eu quelques petites amies, je n'avais jamais couché avec une femme. Soudain, il m'est apparu que, pour la première fois, je voulais que cela se passe avec une fille de mon âge, que j'aimerais vraiment, et non avec une employée de mon père qui risquait de répandre des ragots et me causer des ennuis. Alors je suis rentré chez moi, non sans essuyer ses sarcasmes...

Ashley était si émue que tout son corps était agité de tremblements. Elle avait des milliers de questions à lui poser. Il paraissait sincère, mais l'était-il vraiment ?

— Quand je rentrai à la maison, reprit Cord, mon père m'attendait. Il était livide. Apparemment, il avait appelé au bureau et le gardien de nuit lui avait expliqué que j'étais parti avec Sheila. Il m'a giflé tant il était furieux.

Ashley le regarda, les yeux écarquillés d'horreur.

— Ton père t'a vraiment frappé pour cela ?

— Oui. Malheureusement, ma mère nous avait entendus nous quereller et elle est entrée dans le salon au moment où il me frappait. C'est pendant cette nuit-là que je suis devenu adulte, et que j'ai perdu mon innocence...

» Un lourd silence régnait dans la pièce. Papa ne s'est jamais excusé. Il m'ordonna de rester à distance du bureau et m'annonça que je passerais l'été dans l'Idaho, dans l'une des usines de pommes chips.

» Pendant les trois semaines qui précédèrent mon départ, nous nous évitâmes, tous les trois, sans jamais plus faire allusion à cet incident. J'étais heureux de partir pour l'été et de m'éloigner de lui.

» A l'approche de l'automne, je rentrai à la maison et annonçai à ma mère que je désirais rester dans l'Utah pour préparer le diplôme de l'école des Eaux et Forêts. Mais elle me supplia d'aller à Cornell et d'y entreprendre des études de commerce, comme le souhaitait mon père.

» Maman avait toujours eu peur de lui mais je n'avais jamais jusqu'alors pris conscience de l'ampleur du problème. J'ai compris que si je refusais, il risquait de le lui reprocher puisqu'il comptait sur elle pour me convaincre. Et c'est ainsi que je suis allé à Cornell. Mais c'était le rêve de mon père, pas le mien.

Son amertume pénétra le cœur d'Ashley comme une lame de couteau. Elle était effarée par ce qu'elle venait d'entendre.

Cord abandonna sa chaise, enfonça les poings dans ses poches et se mit à arpenter la pièce à grandes enjambées.

— Comme je vous l'ai expliqué tout à l'heure, reprit-il, c'est au cours de ma première année à Cornell que j'ai commencé à fumer. Vers la fin du second semestre, maman m'écrivit pour m'annoncer qu'elle devait subir une petite intervention chirurgicale. Ce qui devait être une opération de routine dégénéra rapidement en autre chose. Elle eut des complications, et attrapa une pneumonie. Je rentrai en catastrophe pour passer les derniers jours avec elle. Elle mourut dans mes bras.

Sa douleur était encore si vive qu'Ashley sentit des larmes lui brûler les paupières.

— Papa et moi avions renoué le dialogue, mais il y avait désormais entre nous une distance qui n'a fait que se creuser par la suite.

» Après l'enterrement, je retournai à l'Université et repris mes études, mais au milieu de ma seconde année, je compris que je ne pouvais me mentir plus longtemps. Je ne voulais pas être là et n'avais aucunement l'intention de travailler dans l'entreprise familiale. Pendant toute cette période, je fumai beaucoup.

» A Noël, je quittai l'Université et rentrai chez moi avec l'intention de m'inscrire à l'université de Logan, dans l'Utah. Il faisait nuit quand le taxi me déposa devant la maison. J'ignorais si papa était déjà rentré, car je n'étais pas passé par le garage et n'avais pas vu si sa voiture s'y trouvait.

» J'appelai. Pas de réponse. Comme je montais mes bagages dans ma chambre, je crus entendre des rires provenant de sa chambre. Je frappai à la porte et glissai la tête à l'intérieur.

Ashley savait ce qu'il allait dire. Elle écouta, terrifiée.

— Une autre femme se trouvait dans le lit qu'il avait partagé avec maman : Sheila.

Ashley ne put réprimer un frémissement en imaginant sa réaction face à une telle vision.

— Je suppose que, ayant échoué avec le fils, elle avait décidé d'essayer avec le père. Je ne m'attardai pas pour réclamer des explications. Au contraire, je pris ma voiture et partis directement pour Logan, où j'effectuai divers petits boulots pour payer mes études.

» Par un ami, papa découvrit où j'étais et vint me voir. Ce fut pathétique. Il me dit qu'il pleurait ma mère mais que sans elle la maison était terriblement vide. Il était tombé amoureux de Sheila, qui était désormais sa secrétaire particulière et sa plus proche collaboratrice.

» Il m'expliqua qu'ils s'entendaient à merveille et qu'ils envisageaient de se marier, dans l'intimité, à la maison. Il voulait que je sois là. Je lui répondis non et lui demandai de partir.

» Après cela, je me jetai à corps perdu dans mes études. Grâce à Cornell, je pus bénéficier d'équivalences et quatre ans plus tard, j'obtenais mon diplôme des Eaux et Forêts.

» Suivirent alors un certain nombre d'entretiens d'embauche avec des organismes publics qui recrutaient pour diverses régions du pays, mais celui que je désirais obtenir, c'était celui de garde forestier du parc national de Grand Teton.

» Je décidai de m'y rendre directement et fis la connaissance du directeur du parc, Art Williams. Nous nous sommes entendus dès le début. C'était un homme admirable et surtout, il possédait la force physique nécessaire à ce travail, qui impliquait de nombreuses randonnées en montagne.

» Je ne pouvais aller loin sans être essoufflé. Il a très vite vu à qui il avait affaire. Il m'a dit qu'un gars né pour vivre dans la nature mais qui avait du mal à reprendre son souffle ne pouvait qu'être fumeur. Quand je lui ai avoué que oui, il m'a répondu qu'il y avait cinquante autres personnes qui postulaient pour cette place, mais qu'il me prendrait moi si j'arrêtais de fumer. Je désirais tellement avoir ce poste que j'ai arrêté.

Ashley vit Vince incliner la tête pour observer Cord.

— Cela a-t-il été difficile pour vous ?

— Non. Pas vraiment. Je me sentais mieux de jour en jour. Il y avait beaucoup à faire et j'aimais ce travail plus que tout ce que j'avais fait jusque-là.

— En regardant en arrière, Cord, pensez-vous qu'il ait pu y avoir une raison sous-jacente pour expliquer cette soudaine distance vis-à-vis de la nicotine ?

Cord prit un air pensif.

— Oui. Je n'étais plus soumis à aucune des tensions que j'avais vécues chez moi, et je pouvais faire ce qui me plaisait.

— Exactement ! s'exclama Vince en se levant. Réfléchissez à tout cela pendant le déjeuner. Après la réunion de groupe, nous parlerons encore un peu. A présent, je vais vous laisser seuls. A tout à l'heure.

Ashley redoutait de le voir partir, mais ne trouva aucun prétexte pour lui demander de rester.

A sa grande surprise, Cord se dirigea lui aussi vers la porte.

— Je sors marcher un peu avant le déjeuner. Puis-je te rapporter quelque chose ?

Ashley était totalement désorientée. D'un côté, elle craignait de se retrouver seule avec lui parce qu'ils avaient abordé des points nouveaux pour elle et extrêmement sensibles. Toutefois, elle était contrariée à l'idée qu'il la quitte ainsi, l'abandonnant à ses réflexions sans lui donner d'explications supplémentaires.

Chaque révélation avait soulevé de nouvelles questions. Elle ne savait par où commencer.

— Selon les règles énoncées par le Dr Drake, lança-t-elle derrière lui, nous devons rester ensemble tout le temps, comme une équipe soudée.

Il se retourna. Ses yeux bleu acier étincelaient.

— Nous ne sommes pas vraiment une équipe soudée, Ashley. J'ai plutôt l'impression que tu préférerais te trouver très loin d'ici. Puisque tu es enceinte et que tu dois te reposer, c'est moi qui sortirai. Mais ne crains rien, ce n'est pas pour fumer une cigarette.

— Je t'en prie, Cord. Je ne voulais pas dire que l'on ne peut pas te faire confiance. Ne pars pas... Je... Nous avons besoin de parler.

Il serra les mâchoires.

— C'est ce que j'ai fait toute la matinée.

Elle prit une profonde inspiration.

— Ce n'était pas ce que j'appelle parler. Tu énonçais des faits à l'intention de Vince. Ce n'est pas la même chose !

Le regard de Cord se fit plus dur encore.

— Mais toi, tu considères toujours que c'est de la fiction.

— Je n'ai pas dit cela, protesta-t-elle avec vigueur.

Il croisa les bras.

— Dans tout ce que j'ai dit, qu'as-tu cru ?

Ashley évita son regard et s'assit sur la chaise que Vince venait de libérer. Elle avait besoin de soulager son dos.

— Pourquoi ne m'as-tu jamais rien dit au sujet de Sheila et de ce qui s'est passé quand tu avais dix-huit ans ?

— Tu veux la vérité ? murmura-t-il d'une voix menaçante.

— C'est pour cela que je suis ici.

— Parce que, commença-t-il après un long silence, j'ai su dès que je vous ai vues ensemble qu'elle t'intimidait. Je ne voulais rien te dire qui puisse te mettre mal à l'aise et contribuer à te faire perdre contenance devant elle.

— Mais ne vois-tu pas, s'exclama-t-elle, au bord des larmes, qu'en me cachant cette information, tu n'as fait qu'empirer les choses ? Chaque fois qu'elle pouvait me tourmenter, elle suggérait que vous aviez une histoire commune — histoire que tu as toujours formellement contestée.

— Parce que c'est la vérité, Ashley. Je n'ai pas couché avec elle ! Mais à présent je vois que j'ai commis une grave erreur en te cachant ce qui s'était passé après le bureau cette nuit-là. Est-ce que tu me crois ?

— Oui... Jusque-là, ajouta-t-elle dans un souffle.

Elle savait que cette dernière réflexion le rendrait furieux, mais elle voulait rester sincère.

Il ne répondit pas tout de suite.

— Si tu peux croire ce que j'ai dit devant Vince, dit-il enfin, pourquoi refuses-tu d'admettre que nous n'avons jamais eu de liaison, à aucun moment ? Sheila est une menteuse accomplie qui, du jour où papa l'a engagée pour ce poste de secrétaire, n'a eu qu'un seul dessein : mettre le grappin sur l'un de nous deux.

Il m'a fallu beaucoup de temps pour admettre que le mariage de mes parents était un désastre, une simple alliance financière entre deux familles. Papa n'aimait pas maman et je ne serais pas surpris d'apprendre qu'il la trompait avant même l'arrivée de Sheila. Maman aurait dû divorcer mais elle n'en avait pas le courage parce que, en dépit de tout, elle l'aimait.

— C'est tragique, murmura Ashley.

Cord prit un air féroce.

— Papa s'est trahi le jour où il m'a giflé. Il voulait Sheila pour lui tout seul, et était furieux qu'elle ait manifesté un quelconque intérêt pour moi.

Ils touchaient au cœur même de ce qui la faisait tant souffrir. Incapable de rester assise, elle se releva et se mit à arpenter la pièce, elle aussi.

— Tu as admis que tu étais fortement attiré par elle, toi aussi, se crut-elle obligée de lui rappeler.

— Pas fortement, Ashley. J'étais simplement un adolescent qui avait un faible pour une belle blonde. Comme la plupart des garçons de mon âge, je faisais mes expériences. Ne me dis pas qu'il n'en a pas été de même pour toi parce que je ne te croirais pas. Mais la question n'est pas là. Tout l'intérêt que je pouvais avoir pour Sheila est mort dans son appartement au moment où j'ai compris qu'elle voulait coucher avec moi. Cela n'avait jamais été mon intention.

Ashley n'avait pas de réponse à cela.

— Si c'est vrai, poursuivit-elle, très émue, alors pourquoi as-tu quitté ton poste de garde forestier, à la mort de ton père, pour que nous retournions vivre avec elle dans la maison familiale ?

Voyant que Cord ne répondait pas immédiatement, Ashley comprit qu'il était sur le point de lui faire d'autres révélations. D'autres secrets. C'était un cauchemar.

4.

— Tout cela faisait partie d'un plan conçu pour me débarrasser de Sheila, expliqua Cord. Mais il s'est retourné contre moi et j'y ai perdu ma femme !

Un désespoir poignant perçait dans sa voix. Bouleversée, Ashley ne put cependant s'empêcher de demander :

— Quel plan ?

— Celui que j'avais mis au point avec l'avocat de ma mère, Ray Crawford, quand il était venu me voir à l'hôpital, après la mort de mon père, pour m'informer que la moitié de la maison me revenait.

— Quoi ?

— Eh oui ! Dans son testament, papa léguait la maison à Sheila, mais celui de ma mère l'a annulé. Mon père voulait me déposséder de tout. Pour me punir une ultime fois d'avoir séduit Sheila avant lui, de n'avoir pas terminé mes études à Cornell et d'avoir ainsi gâché tous les projets qu'il avait formés pour moi.

Il posa les mains sur le dossier d'une chaise et se pencha vers elle.

— Souviens-toi, reprit-il. Quand nous sommes allés le voir à l'hôpital, toi et moi, après l'accident d'avion, j'ai d'abord eu un bref tête-à-tête avec lui.

Ashley acquiesça. Comment oublier la longue et pénible attente dans le couloir de l'hôpital à regarder Sheila, les yeux secs, faire les cent pas, sans échanger un seul mot avec elle ?

Quand Cord avait enfin ouvert la porte pour leur faire signe d'entrer, elle avait bien vu son visage torturé, mais avait attribué sa douleur à la disparition prochaine de son père...

— J'avais bêtement espéré, reprit Cord, que mon père, sur son lit de mort, se montrerait plus tolérant que par le passé. Mais tout ce qu'il avait à me dire concernait Sheila. Dorénavant, c'était elle qui le représenterait dans l'entreprise. Il m'annonça également qu'il lui léguait la maison, puisque je l'avais abandonné pour aller vivre à la montagne !

— Il a dit cela ? s'écria-t-elle, indignée. Pas un mot d'amour ou de réconfort pour toi ? C'est incroyable ! Pourquoi ne m'en as-tu jamais rien dit ?

— J'étais trop en colère, Ashley. Mon passé était plein de toutes ces histoires que je ne savais comment affronter, et je refusais de me décharger sur toi, alors que notre mariage était déjà si fragile. Encore une erreur que je regrette amèrement.

— Mais c'est monstrueux !

— Mon père était un homme monstrueux. Il pensait sans doute que je ne découvrirais jamais la vérité, mais l'avocat de maman connaissait les dernières volontés de sa cliente et tenait à ce que je les connaisse aussi. Ray et moi avons longuement discuté, et j'ai décidé de me battre contre Sheila et mon père. Mais la prudence s'imposait. Après l'enterrement, j'ai annoncé à Sheila que nous nous installions dans la maison pour qu'elle ne s'y sente pas trop seule avec son chagrin. Je savais qu'elle t'intimidait, mais j'ignorais tout alors des conversations privées qu'elle avait avec toi et des dégâts qu'elle avait déjà causés.

Ashley prit un air coupable.

— C'est vrai. Je ne t'ai jamais rapporté nos conversations, parce que... je ne voulais pas y croire.

— Sheila était passée maître dans l'art de la manipulation, mais j'avais décidé de la prendre à son propre piège. Grâce à maman, j'avais toujours ma place au sein du conseil d'administration. C'est pourquoi j'ai décidé de renoncer à cette vie que j'aimais tant pour reprendre en main l'entreprise familiale. A cette époque, nous ne nous entendions plus si bien, toi et moi, et je pensais que tu serais plus heureuse à Salt Lake City, où tu avais tes amis...

Ashley redressa brusquement la tête.

— N'oublie pas que j'ai vu de mes propres yeux comment tu la traitais, Cord !

— Je jouais un rôle, Ashley. Je faisais alliance avec elle en attendant le moment où les membres du conseil d'administration pourraient l'évincer de manière légale. Je comptais ensuite la forcer à quitter également la maison, moyennant un arrangement financier.

Son regard se durcit.

— Malheureusement, j'avais sous-estimé le mal qu'elle pouvait te faire. Elle était, et reste, une opportuniste. Et elle a délibérément détruit notre mariage. Mais je te jure qu'un jour, elle disparaîtra de nos vies !

Il paraissait sincère. Mais ce qu'Ashley avait vu dans la chambre de Cord n'avait rien d'une hallucination.

— C'est également une très belle femme, et elle a réussi à vous séduire tous les deux, toi comme ton père.

Les mâchoires de Cord se crispèrent.

— Crois-tu sincèrement que je pouvais encore la trouver séduisante après avoir découvert qu'elle couchait avec mon père ?

— On n'est pas toujours maître de ses sentiments, objecta Ashley.

— Une sorte d'attraction fatale, c'est cela ? demanda-t-il avec un rictus plein de mépris.

Elle soutint son regard.

— Exactement !

— Donne-moi les dates et les lieux de mes prétendus rendez-vous avec elle, Ashley. Ou mieux encore, demande-moi de me soumettre au détecteur de mensonge.

— Je n'ai pas besoin de preuves. Je vous ai vus de mes propres yeux.

— Quand ? cria-t-il d'une voix féroce.

— Serais-tu inquiet, Cord ?

Il la dévisagea longuement avant de répondre.

— Non, dit-il enfin en hochant la tête. Mais j'ai du mal à accepter que tu croies avoir vu quelque chose d'assez grave pour me quitter sans explication quelques heures à peine après avoir fait l'amour avec moi.

Ashley sentait son cœur lui marteler la poitrine. Sa respiration devint haletante.

— Vince avait raison. Deux personnes peuvent avoir des souvenirs radicalement différents d'un même événement.

— Que veux-tu dire ?

— Tu ne te souviens donc pas ? Dès que je me suis endormie, tu as quitté ma chambre.

— C'est vrai. Si j'étais resté, je n'aurais pas résisté au désir de te faire l'amour toute la nuit. Après ce que nous venions de partager, j'avais besoin de réfléchir sur nous et sur notre avenir.

— Tu mens, Cord ! cria-t-elle. Tu es retourné directement dans ta chambre, où Sheila t'attendait.

— Prétends-tu avoir vu cela de tes propres yeux ?

— Oui, répondit-elle, les poings serrés.

— Dis-moi exactement ce que tu as vu...

Ashley commença à trembler.

— Sheila était allongée sur ton lit, commença-t-elle, dans une pose lascive. Elle avait enfilé ton peignoir de bain vert, celui que je t'ai offert le jour de notre premier anniversaire de mariage...

— Continue.

— Elle venait sans doute de prendre une douche, car des cheveux mouillés s'échappaient de la serviette qu'elle avait nouée sur sa tête.

— Bien. Dis-moi à présent où je me trouvais, murmura-t-il entre ses dents, luttant visiblement contre une rage irrépressible.

— Tu étais sous la douche car j'entendais l'eau couler. Elle te parlait. Elle disait : « Cord chéri, viens, j'ai envie de toi. »

Ashley releva la tête avant d'ajouter :

— Je te prierai de ne pas m'offenser en niant tout cela !

Il leva les sourcils, l'air menaçant.

— Cela ne me viendrait pas à l'idée. Le problème, c'est que je n'étais pas dans cette chambre. Je dois me fier à ton témoignage.

Ashley cligna des yeux.

— Mais si, tu étais là ! insista-t-elle, perdant son assurance.

Il posa les mains sur ses hanches.

— M'as-tu vu ? M'as-tu entendu lui répondre ?

— Non, mais...

— Sache que, ce matin-là, je suis allé dans ma chambre pour m'habiller. Mais ensuite, je suis sorti pour faire une longue promenade. Je suis rentré pour te faire part de mes projets pour nous deux. Mais tu étais partie. Sans la moindre explication.

Le ton désespéré de sa voix pouvait-il être feint ?

Cord savait si bien convaincre ! Elle ne savait plus que penser.

— Que... Quels projets ?

— Laisser à Sheila le contrôle absolu d'une entreprise dont elle avait acquis les droits de manière immorale, lui abandonner cette fichue maison et tout ce qui allait avec. En d'autres termes, la laisser gagner... Parce que je te voulais, toi, plus que n'importe qui au monde. Parce que je voulais retourner dans le Teton où nous étions heureux et y vivre jusqu'à la fin de nos jours.

Ashley sentit son cœur se serrer douloureusement. Elle se tourna vers la fenêtre, d'où elle apercevait les arbres du parc, dont beaucoup étaient en fleurs. Signe de printemps et d'espoir...

Ashley s'interrogeait. Sheila avait-elle réellement tenté de briser leur mariage pendant ces deux épouvantables mois qui avaient suivi la mort du père de Cord ?

Sa jalousie lui avait-elle fait dépasser les limites de la raison quand elle avait découvert que Cord et Ashley avaient passé cette ultime nuit ensemble ?

Désirait-elle Cord au point de s'abaisser à organiser cette mise en scène pour qu'Ashley imagine le pire ?

Ashley ferma les yeux, mais ne parvint pas à chasser de son esprit la réponse qui lui apparaissait à présent comme une évidence : elle s'était contentée de jeter un coup d'œil à l'intérieur de la pièce, avait vu ce que Sheila souhaitait lui montrer et avait fui sans jamais se retourner, sans jamais laisser à Cord la possibilité de s'expliquer.

— Pendant que tu essaies d'y voir clair, intervint Cord de sa voix profonde, réfléchis à ceci : crois-tu que si j'avais voulu passer directement de ton lit à celui de Sheila, j'aurais choisi ma chambre plutôt que la sienne ?

Ashley sourit. Elle se posait précisément la même question.

Puis elle se tourna vers lui.

— Si tout ce que tu viens de me dire au sujet de Sheila est vrai, alors elle n'est pas seulement menteuse, elle est diabolique !

Un soupir d'intense soulagement s'échappa de la poitrine de Cord.

— J'en suis venu à la même conclusion le soir où je l'ai surprise dans le lit de mon père.

Il la dévisagea un long moment avant d'ajouter :

— Et maintenant, Ashley, c'est sa parole contre la mienne. Qui crois-tu ? A-t-elle causé tant de dégâts que tu ne puisses plus prendre mon parti ? Est-ce...

Mais il ne put achever sa question. La porte venait de s'ouvrir et un infirmier glissa la tête à l'intérieur de la chambre.

— Le service du déjeuner est presque terminé. Alors, si vous désirer manger quelque chose...

Cord assura qu'ils descendaient sur-le-champ, et Ashley jeta un coup d'œil à sa montre. 12 h 20 ! Occupés à revivre leur passé, ils avaient complètement oublié l'heure.

— Allons-y, murmura Cord en lui prenant le bras. Je crois que nous avons tous les trois besoin de nous restaurer.

En longeant le couloir avec Cord à son côté, Ashley dut

admettre qu'en quelques heures, il avait déjà fait à leur enfant une place dans sa vie presque aussi importante qu'elle-même dans la sienne.

Quand ils entrèrent dans la salle à manger, les cinq autres couples leur proposèrent de se joindre à eux. Ashley accepta avec un empressement qui irrita Cord.

Elle savait qu'il attendait d'elle une réponse, mais elle avait besoin de temps pour assimiler ce qu'il venait de lui révéler. Pour elle, parler de Sheila était encore très douloureux. Par ailleurs, si la belle-mère de Cord constituait le principal obstacle à leur bonheur, d'autres facteurs avaient également joué, qui n'avaient pas été encore abordés.

Ashley était heureuse du répit offert par la présence de ces autres couples. Elle remplit son assiette de fruits frais et prit un petit pain.

Tandis que Cord se versait une tasse de café, Ashley alla s'asseoir et commença à faire connaissance avec les autres. Puis il la rejoignit et parvint rapidement à faire parler tout le monde, y compris le vieux couple, Kathy et Jerry qui, au départ, semblaient plutôt réticents. Encore une fois, le charme de Cord opérait de manière miraculeuse. Il y avait si longtemps qu'Ashley n'avait pas vu cette expression insouciante sur son visage! Elle en avait presque oublié à quel point il pouvait être séduisant. Elle le contempla, fascinée, et rougit quand il surprit son regard.

A cet instant, le Dr Drake entra dans la pièce et leur annonça qu'ils allaient consacrer un peu de temps à découvrir la famille de chacun, ses enfants, ses loisirs, ses centres d'intérêt.

— Es-tu prête? murmura Cord d'une voix légèrement voilée qui trahissait son émotion.

Elle acquiesça et détourna la tête, troublée par le contact de son bras dans son dos, par son charme viril.

Pendant l'heure qui suivit, au cours de laquelle chacun s'exprima, Ashley eut le sentiment de se liquéfier peu à peu. Dès qu'il avait été assis, Cord, avait passé un bras protecteur autour de ses épaules. Mais, ayant toujours été très possessif à son égard, il n'était sans doute pas conscient de son geste.

Secrètement, Ashley avait toujours apprécié qu'il la traite ainsi. Elle se sentait alors aimée, protégée, et éprouvait un sentiment qui lui avait fait cruellement défaut dans son enfance solitaire.

Dès le début, Cord avait comblé son besoin de sécurité permanent. Et pour tout dire, sa protection lui avait terriblement manqué pendant leur longue séparation. Depuis qu'il l'avait attirée dans la lingerie, le matin même, ce besoin d'un contact physique entre eux n'avait fait que croître.

La séance de thérapie de groupe, dirigée par l'équipe médicale, était la première d'une série prévue tout au long de la semaine. Si Cord paraissait écouter avec attention, elle, en revanche, était incapable de se concentrer. Elle ne pouvait détacher son esprit des quatre premières années — les plus heureuses — de sa vie avec Cord.

Unis et complices, ils avaient connu une entente physique parfaite. Jusqu'à ce qu'on annonce à Cord qu'il ne pourrait avoir d'enfant...

Après cela, il avait changé. Il était devenu plus distant et introverti. Au cours des deux dernières années de leur mariage, ils ne partageaient plus rien. L'arrivée de Sheila avait signé l'arrêt de mort de leur mariage.

Mais il avait nié toute liaison avec Sheila !

Plus que tout, Ashley désirait le croire. Il était aussi difficile d'admettre qu'une femme ait pu agir de la sorte avec une autre femme — comment Sheila avait-elle osé s'immiscer dans leur couple ? Pour Ashley, le mariage était un lien sacré et le comportement de Sheila était incompréhensible.

Ashley se prit la tête entre les mains. Cord ne pouvait imaginer à quel point elle souhaitait lui accorder le bénéfice du doute, lui redonner toute sa confiance... Mais en seraitelle encore capable, en supposant qu'ils parviennent à résoudre l'autre grand problème qui pesait sur leur mariage ?

— Qu'est-ce qui ne va pas, Ashley ? murmura-t-il, inquiet.

La jeune femme releva la tête.

— Rien. Je... j'avais mal aux yeux.

— A ce stade de ta grossesse, tu ne devrais pas être ici. Je vais aller dire au Dr Drake que nous nous retirons ! Il est peut-être encore temps de nous trouver des remplaçants.

— Non, Cord ! Ne fais pas cela. Je me sens tout à fait bien et je compte rester jusqu'à la fin de la semaine. Si tu vas voir le médecin, je finirai par croire que tu ne tiens pas sérieusement à rester ici.

Elle le vit lutter pour garder le contrôle de lui-même.

— Quoi que je dise, j'ai perdu, n'est-ce pas ? dit-il enfin d'une voix où perçait un intense sentiment d'échec.

— S'il te plaît, Cord, murmura-t-elle, retournons dans notre chambre et terminons l'entretien de ce matin avec Vince, tu veux bien ?

Sans attendre sa réponse, elle se leva et se dirigea vers la porte. Cord la suivit. Pour la première fois depuis leurs retrouvailles, dans le couloir, elle fut déconcertée de ne pas sentir son bras sur son épaule ou autour de sa taille.

Comme Ashley finissait de se rafraîchir le visage, Vince apparut, un sourire aux lèvres.

— Etes-vous prêts ?

Cord regardait par la fenêtre. Voyant qu'il ne répondait pas, Ashley se sentit obligée de prendre la parole.

— Oui, bien sûr.

D'un mouvement maladroit, elle s'assit sur le bord du lit, tournant délibérément le dos à Cord.

Vince tira une chaise et s'assit, puis sortit son bloc-notes.

— Cet après-midi, nous allons nous concentrer sur vous, Ashley. Quel âge avez-vous ?

— Vingt-neuf ans.

— Parlez-moi de votre famille et de vos études.

— J'ai été confiée dès ma naissance à un orphelinat par une mère alors âgée de quinze ans. J'ai grandi à l'orphelinat de Sainte-Anne, ici, à Salt Lake City, jusqu'à l'âge de dix-huit ans. A cette époque, je travaillais dans un restaurant proche de l'Université pour payer mes cours du soir. Il m'a fallu six ans pour obtenir mon diplôme de comptabilité.

— C'est courageux ! Quels ont été vos emplois par la suite ?

— Je n'ai pas tout de suite trouvé un travail dans ma branche. J'ai donc gardé mon emploi de serveuse au restaurant et ai emménagé dans un appartement que je partageais avec trois autres camarades. Environ six mois plus tard, j'ai été engagée par Pier Tien Imports, dans le service comptabilité de leur siège social, à Salt Lake City.

— Comment avez-vous rencontré Cord?

— Nous avions économisé, mes camarades et moi, pour prendre des vacances ensemble à la montagne. Une fois sur place, nous avons appris qu'il était possible d'escalader un sommet et avons décidé de tenter l'opération.

» A mi-parcours, nous avons été surprises par une violente averse d'été. C'était assez terrifiant et nous avons préféré rebrousser chemin. En redescendant, une des filles est tombée et s'est foulé la cheville. Je suis restée avec elle pendant que les deux autres allaient chercher de l'aide. Cord et un autre sauveteur sont venus à notre rescousse.

— Ce fut le coup de foudre? demanda-t-il avec un clin d'œil.

— Oui, admit-elle calmement, heureuse toutefois de ne pas voir le visage de Cord à cet instant.

— Vous êtes-vous mariés rapidement après cela?

— Oui, répondit-elle encore. Sur place.

— Vous ignoriez que votre mari avait été fumeur?

— Oui. Il était robuste, infatigable et si peu nerveux que je ne peux l'imaginer allumant une cigarette. Je ne suis pas encore remise de cette découverte.

— Diriez-vous que c'était un mariage heureux?

Elle prit une profonde inspiration.

— J'étais si heureuse que parfois mon bonheur me paraissait trop parfait, et cela me terrifiait. Je craignais que tout cela ne soit pas réel, que ce soit un rêve dont je me réveillerais un jour, sans lui.

— Quand la situation a-t-elle commencé à se dégrader?

— Au bout de quatre ans, environ, nous avons décidé d'avoir un enfant. Une année entière s'est écoulée sans résultat. Alors je suis allée consulter un obstétricien à Salt

Lake City. Il m'a dit de ne pas m'inquiéter, et m'a suggéré de revenir le voir avec mon mari si, au bout de six mois, je n'étais toujours pas enceinte.

Six mois plus tard, nous avons repris rendez-vous. C'est là que nous avons découvert que Cord était stérile.

— Avez-vous envisagé d'adopter un enfant ?

— Non, murmura-t-elle.

— Pourquoi ? demanda Vince, l'air surpris.

— Je désirais adopter un enfant..., commença-t-elle d'une voix hésitante, mais j'attendais que Cord aborde le sujet le premier, sachant à quel point cela peut être destruct...

— Parlons-en, justement ! explosa soudain Cord en lui coupant la parole.

Elle sursauta et tourna brusquement la tête. Il était très pâle.

— Si tu avais vu l'expression de ton regard, poursuivit-il, tu aurais compris pourquoi je n'osais pas aborder le sujet de l'adoption.

Elle écarquilla les yeux.

— Quelle expression ? Que veux-tu dire ?

Vince se leva d'un bond et les contempla tour à tour.

— Je crois, déclara-t-il enfin, que nous en avons assez dit pour aujourd'hui. Vous venez d'évoquer un sujet qui a visiblement ébranlé votre mariage. Je vous laisse seuls. Je reviendrai demain, à 8 heures...

— Vince ?

Ashley, ne pouvant se résoudre à le laisser partir si vite, rattrapa le thérapeute dans le couloir. Elle ne se sentait pas prête à une nouvelle confrontation avec Cord.

— Oui, Ashley ?

— Je sais que nous ne sommes pas autorisés à quitter l'hôpital pendant la durée du traitement, mais... j'ai un rendez-vous chez le médecin mercredi matin.

— Tant que votre mari et vous restez ensemble, je ne vois pas d'objection à ce que vous vous y rendiez. Mais, par sécurité, j'informerai le Dr Drake.

— Merci.

La situation se compliquait. Son obstétricien, le Dr Noble, n'avait fait aucun commentaire quand elle lui avait annoncé qu'elle divorçait, mais elle savait qu'il désapprouvait cette décision. Quand il verrait Cord dans son bureau, il serait certainement surpris et heureux, mais surtout, il risquait de croire qu'ils étaient de nouveau ensemble. Or, rien ne pouvait être plus éloigné de la vérité !

Pleine d'appréhension, Ashley frissonna et retourna dans la chambre. Cord avait roulé les manches de sa chemise bleue et défait les boutons du haut. Vêtu de manière décontractée, il ressemblait davantage au Cord d'autrefois, avant qu'il reprenne les rênes de la société McKnight. Mis à part son regard tourmenté, il était l'homme le plus séduisant qu'elle ait jamais rencontré.

Il s'appuya contre le montant de la fenêtre et croisa les bras.

— Je croyais qu'il ne devait pas y avoir de secrets entre nous tant que nous étions ici !

Ashley se raidit.

— J'ai seulement demandé à Vince ce que je devais faire au sujet de mon rendez-vous chez le médecin, mercredi. Selon lui, il n'y a pas de problème si nous y allons tous les deux ensemble.

Il se redressa.

— Le Dr Noble sait donc que je suis le père ?

— Bien sûr, Cord. Je suis sûre qu'il y a longtemps qu'il souhaite te féliciter. Il ne cesse de me répéter qu'il considère cette grossesse comme un miracle.

— C'en est un, répondit-il d'une voix chargée d'émotion. Je n'arrive toujours pas à m'y faire.

— Au début, j'étais incrédule, moi aussi. Mais avec le temps, et quand j'ai vu que je ne pouvais plus dormir sur le ventre, j'ai commencé à y croire vraiment.

— Cela a toujours été ta position préférée pour dormir, dit-il en faisant un pas dans sa direction.

Troublée par les images intimes que ces mots faisaient resurgir, Ashley se mit à rougir.

— Cord, je crois que...

— Ça fait longtemps, n'est-ce pas ? Tellement longtemps que le seul fait d'évoquer comment ça se passait entre nous te met mal à l'aise. Laisse-moi te rafraîchir la mémoire...

Sans lui laisser le temps de réagir, il glissa les mains sur son cou.

— Je t'en prie, ne fais pas cela, supplia-t-elle comme il caressait doucement la petite veine qui battait avec frénésie au creux de son cou.

— A moins que tu ne préfères ceci...

Soudain, il l'attira contre lui et pencha la tête pour l'embrasser.

— Non..., balbutia-t-elle.

Mais la sensation de son corps pressé contre son ventre arrondi était si forte qu'elle ne put réprimer un soupir. C'était tout ce qu'il attendait pour prendre sa bouche...

Incapable de résister, Ashley répondit à son baiser avec une soif égale à la sienne.

— Je n'ai jamais cessé de te désirer, avoua-t-il d'une voix frémissante.

Elle sentait ses mains s'aventurer dans son dos, comme autrefois, attisant le feu qu'il avait allumé en elle et qu'elle ne contrôlait plus.

— Dire que mon bébé est là, murmura-t-il d'une voix émue en laissant ses mains courir sur son ventre.

Il défit le nœud qui retenait sa robe dans son cou.

— Je veux te voir, chuchota-t-il contre ses lèvres. Je veux contempler ma femme et mon enfant. Aide-moi, chérie...

D'une main fébrile, elle aida Cord, tout aussi tremblant, à faire glisser la robe par-dessus sa tête.

— Non ! s'écria-t-elle soudain en s'arrachant à ses lèvres. Nous ne pouvons pas faire cela.

Il esquissa un sourire, mystérieux et irrésistible.

— Je mettrai la pancarte « ne pas déranger » à la porte. Personne n'entrera, si c'est ce qui te chagrine. Je te rappelle que ce programme est destiné aux couples mariés et que nous disposons du reste de l'après-midi.

Paniquée, Ashley tenta de mettre un peu de distance entre eux, mais il la retint. Ses yeux s'étaient assombris de désir.

D'une voix profonde, il murmura :

— Tu le désires autant que moi, Ashley. Je le sens à chacun des battements de ton cœur.

Elle devint cramoisie.

— Je ne le nie pas, dit-elle d'une voix mal assurée. Mais c'est justement parce que nous faisions l'amour au lieu de résoudre nos problèmes que nous sommes en train de divorcer, Cord. L'aurais-tu oublié ?

Ces mots eurent un effet immédiat sur lui. La flamme qui brûlait dans ses yeux s'éteignit et, lentement, il laissa glisser entre ses mains le tissu de sa robe.

— Je n'ai rien oublié, soupira-t-il. Surtout pas ce que j'ai ressenti quand j'ai découvert que je ne pouvais pas avoir d'enfant. Tu ne peux imaginer ma douleur quand j'ai compris que j'étais incapable de te donner la chose que tu désirais le plus au monde...

— Mais c'est absurde ! répliqua-t-elle, effarée. La seule chose que je désirais, c'était toi, Cord. Tu étais toute ma vie !

Toute la pièce résonna de cette déclaration, mais il se contenta de hocher la tête d'un air dubitatif.

— Non. Crois-tu que je ne savais pas combien tu souffrais d'avoir été élevée dans un orphelinat, sans famille ? Crois-tu que je ne comprenais pas combien cela était douloureux, pour toi, de découvrir que tu avais épousé un homme incapable de devenir père ?

— Mais, Cord..., commença-t-elle, bouleversée par l'expression torturée de son visage.

— Etre ma femme te condamnait à l'enfer que tu avais connu toute ta vie. Je vivais dans la terreur que tu me quittes dès que tu apprendrais la mauvaise nouvelle. Et je redoutais d'aborder la question de l'adoption par crainte que cela te révolte et te fasse partir encore plus vite.

Atterrée, la jeune femme ne parvenait pas à comprendre ce qu'il disait.

— Allons, Ashley ! N'essaie pas de me faire croire que tu ne voulais pas partir. Chaque jour, je m'attendais à t'entendre annoncer que tu voulais divorcer. Et cela me désespérait, car je savais que je n'avais pas le droit de refuser.

Elle le contempla, incrédule.

— Est-ce pour cela que tu es devenu si distant et réservé ?

— Et pour quelle autre raison l'aurais-je été ? répondit-il d'une voix vibrante d'émotion.

Elle se cramponna à son siège.

— Ne comprends-tu pas que tu étais tout pour moi ? Ma seule famille ? Et si nous ne pouvions pas avoir d'enfant, tant pis ! J'étais merveilleusement heureuse avec toi, Cord.

— Si je n'ai pas évoqué la question de l'adoption, c'est uniquement parce que je savais combien tu étais déçue. Nous avions rêvé d'une grande famille, et je découvrais que j'étais incapable de te donner un seul enfant. Sheila m'a conseillé de te laisser du temps...

— Sheila a dit ça ? s'écria Ashley avec colère. Oh, Cord... ne vois-tu pas qu'elle nous a manipulés, tous les deux ? J'ai d'abord cru que tu ne pouvais te résoudre à élever un enfant qui ne serait pas le tien. Puis je me suis dit qu'en raison des rapports difficiles que tu entretenais avec ton père, tu avais décidé de ne pas avoir d'enfant du tout, pour éviter de souffrir encore.

Le visage de Cord se durcit.

— Mes rapports avec mon père n'avaient rien à voir avec tout cela. Tu méritais un mari capable de te donner une maisonnée remplie d'enfants. Quand nous nous sommes connus, une des premières choses que tu m'as dites était que tu désirais avoir une famille bien à toi. Quand j'ai su que tu ne pourrais jamais l'avoir avec moi, j'ai simplement attendu que tu m'annonces que tu voulais divorcer.

Les yeux d'Ashley se remplirent de larmes.

— Et moi, j'ai pris ta réticence pour de l'indifférence. Comme le temps passait, j'ai cru que tu ne m'aimais plus. Je ne savais plus comment communiquer avec toi.

» Quand nous nous arrêtions chez ton père, lors de nos escapades à Salt Lake City pour voir Greg et Bonnie, tu semblais plus enclin à discuter de travail avec Sheila qu'à parler avec moi. Comme Sheila m'avait laissé entendre que votre histoire durait depuis longtemps — ce que tu ne m'avais jamais dit — j'en vins à la conclusion que tu devais être encore attaché à elle. Cela a fini par me briser le cœur.

Il fronça les sourcils, l'air sombre.

— J'ai eu tort de ne pas te parler de Sheila. J'ai eu tort sur beaucoup de plans, avoua-t-il d'une voix gênée.

Elle tourna un regard torturé vers lui.

— Tout notre problème est là, Cord. Nous avons eu tort sur trop de choses, et imaginé trop de choses fausses. Cela nous a détruits.

— Pas tout à fait ! rétorqua-t-il vivement. Nous avons fait un bébé ensemble...

Sur ces mots, il sortit un short de l'un de ses tiroirs et se dirigea vers la porte. Puis il se retourna.

— Avant de sortir d'ici, j'ai une dernière chose à te dire : maintenant que je sais que je vais être père, j'ai l'intention de téléphoner à mon avocat pour annuler la procédure de divorce. Si tu veux combattre cette décision, libre à toi, mais je te préviens, il faudra d'abord me marcher sur le corps !

5.

Ce qu'elle avait tant redouté était arrivé !

Comme Ashley l'avait craint, l'annonce de la future naissance avait complètement modifié la situation. Cord se battrait pour annuler le divorce, c'était sûr. Et avec l'argent dont il disposait, il pouvait se permettre de bloquer la procédure pendant des mois, songea la jeune femme avec effroi.

Si elle comprenait que Cord, en proie à une vive émotion, ait eu besoin de partir pour reprendre ses esprits et éviter de la faire encore souffrir, elle aussi était bouleversée, et supportait mal cet abandon brutal, qui la laissait seule face à la débâcle de ses sentiments.

Une question importante n'avait toujours pas été abordée entre eux. Mais elle ne pouvait tout de même pas le suivre et engager une nouvelle discussion devant des étrangers. Ce n'était d'ailleurs pas par hasard que Cord avait choisi un lieu très fréquenté, qui rendait impossible toute conversation privée.

Désœuvrée, elle sortit d'un placard le sac contenant son ouvrage de couture, que Cord avait rangé avec ses autres affaires. Puis elle se rassit, heureuse de pouvoir s'occuper.

Les dames de la paroisse, près de chez Mme Bromwell, organisaient un atelier de couture le mercredi soir, et lui avaient montré comment réaliser un nid d'ange pour son bébé.

Le tissu, soyeux, était un crêpe écru qui siérait au teint délicat du bébé. Une fois le ravissant motif de mouton reporté sur le tissu, ces dames avaient appris à Ashley comment broder à petits points, et il ne lui restait plus désormais qu'à assembler les différents morceaux.

Bientôt, elle pourrait y envelopper son enfant. Ce jour-là n'était plus très éloigné, mais il lui restait encore beaucoup à faire pour être prête ! Si déjà elle pouvait finir le nid d'ange avant de quitter l'hôpital...

Un voile de tristesse l'enveloppa à l'idée qu'elle ne savait presque rien sur sa propre mère, sinon qu'elle était encore une enfant au moment de sa naissance. Les religieuses n'avaient aucune photo ni souvenir à lui montrer. Pour ce qui était de son père, elle ignorait tout de lui. Sans doute était-il très jeune lui aussi, à l'époque. Selon toute vraisemblance, ils devaient être tous les deux vivants, mariés, et heureux parents d'autres enfants.

Au début de leur liaison, Cord lui avait proposé d'engager un détective privé pour les retrouver. Mais Ashley avait décliné son offre. Elle préférait vivre avec ses rêves. De plus, depuis qu'elle avait rencontré Cord, son bonheur était complet...

Du moins, jusqu'à ce que Cord découvre qu'il ne pouvait lui donner d'enfant. Alors, le cauchemar avait commencé...

Tout en cousant à petits points le ruban qui doublait l'ourlet, elle jura que jamais son bébé ne connaîtrait le même destin qu'elle. Même si elle n'envisageait pas de retourner vivre auprès de Cord, elle savait qu'il jouerait un rôle crucial dans la vie de leur enfant.

Sans doute Cord n'apprécierait-il pas l'appartement meublé qu'elle avait loué, mais il était propre et assez clair pour un rez-de-chaussée. La propriétaire, une veuve qui habitait au premier étage de la maison, lui avait fait bonne impression et l'arrivée du bébé ne l'incommodait nullement, bien au contraire.

Ashley s'estimait heureuse d'avoir trouvé un logement dans un quartier agréable. Elle pourrait garer sa voiture dans la rue, à l'arrière de la maison, et entrer directement dans son appartement, qui était minuscule. Le berceau — qu'elle n'avait pas encore acheté — tiendrait de justesse à côté de son lit.

Elle baignerait l'enfant dans l'évier de la cuisine, comme l'avaient toujours fait les sœurs de l'orphelinat. Et comme elle-même l'avait également fait, dès qu'elle avait été en âge d'aider.

S'occuper des tout-petits était pour elle un véritable bonheur. Plutôt que faire la vaisselle ou la lessive pour la vingtaine de pensionnaires qui y vivaient en même temps qu'elle, elle préférait mille fois seconder les sœurs auprès d'eux, et elle ne comptait pas les nuits où elle avait soigné un enfant malade.

Cette expérience l'avait préparée à la maternité et elle n'éprouvait aucune appréhension à l'idée des soins qu'elle devrait donner à son enfant. C'était le bien-être moral de son fils ou de sa fille qui la tourmentait. Elle craignait que ses problèmes avec Cord ternissent le bonheur de leur enfant.

A cause, précisément, des rapports difficiles que Cord entretenait avec son propre père, Ashley était convaincue qu'il ferait tout ce qui était en son pouvoir pour être le meilleur père possible. Et même s'ils vivaient séparément, ils trouveraient toujours le moyen de pourvoir aux besoins matériels et affectifs de leur enfant.

Ignorant la petite voix qui lui murmurait que l'enfant ne se satisferait pas d'une situation où ses parents vivraient séparés, Ashley se concentra sur son ouvrage. Mais très vite, son dos se mit à la faire souffrir.

Avec un soupir, elle se leva, posa le nid d'ange sur le dossier de la chaise et alla s'allonger sur le lit, avec l'intention de se reposer quelques instants.

Mais très vite, elle sombra dans un sommeil profond dont elle fut tirée, beaucoup plus tard, par les caresses d'une main experte qui lui massait le dos. La sensation était si agréable qu'elle se demanda tout d'abord si elle ne rêvait pas et se laissa aller au plaisir que lui procurait ce délicieux massage.

Soudain, une voix familière retentit dans son dos.

— Mon Dieu, Ashley, il bouge...

Elle ouvrit tout grands les yeux, et s'aperçut qu'elle n'était plus seule sur son lit. Cord était allongé derrière elle et, de sa main gauche, lui caressait le ventre. Elle sentit la chaleur de son corps musclé étroitement moulé contre le sien, de leurs jambes entremêlées...

Elle voulut se lever mais il la retint.

— Ne bouge pas tout de suite, supplia-t-il. Quand je suis allongé ainsi contre toi, je sens notre enfant bouger, et je peux presque imaginer qu'il fait aussi partie de moi. A en juger par la force des coups qu'il donne, je pense que c'est un garçon !

Elle avala sa salive.

— Je le pense aussi, murmura-t-elle, troublée par la proximité de son corps.

— As-tu déjà réfléchi à un prénom ? demanda-t-il, tout contre son oreille.

Au contact de ses lèvres sur sa peau, Ashley fut parcourue par un frisson de désir.

— Je pensais l'appeler Cabe. C'est un prénom écossais, comme le tien.

— Ça me plaît, dit-il d'un ton satisfait. Ça me plaît même beaucoup. Mais si c'est une fille, je veux qu'elle s'appelle Marie-Ashley.

— Pourquoi ? demanda Ashley, surprise.

— Parce qu'un jour, tu m'as dit qu'une des sœurs t'avait secrètement surnommée sœur Marie-Ashley dans l'espoir qu'en grandissant, ta vocation serait de devenir religieuse à ton tour. Ce n'est pas arrivé, Dieu merci, mais le nom est adorable. Comme toi.

Il se tut et la serra dans ses bras. Affolée, elle bredouilla :

— Je... j'ai besoin d'aller à la salle de bains.

Au lieu de protester, il laissa échapper un rire amusé.

— J'ai entendu dire qu'une femme enceinte devait toujours rester à proximité des toilettes, surtout au cours des derniers mois de sa grossesse.

Enfin, il la lâcha et l'aida à s'asseoir. Mais elle dut faire appel à toutes ses forces pour s'arracher à ses bras.

— Il ne reste plus la moindre place libre là-dedans, déclara-t-elle, la main posée sur son ventre, en s'efforçant d'adopter un ton léger. Je me demande à quoi je ressemblerai d'ici deux ou trois semaines.

Il se leva aussi et posa les mains sur ses épaules.

— Je suis désolé que cela soit si inconfortable pour toi. Mais je dois avouer qu'après avoir si longtemps cru que nous n'aurions jamais d'enfant, je ne peux rien imaginer de plus beau que de te voir enceinte de neuf mois.

Après avoir planté un dernier baiser au creux de son cou, il la lâcha. Troublée, elle se dirigea d'un pas chancelant vers la salle de bains.

— Nous allons être en retard pour le dîner, dit-il quand elle réapparut, quelques minutes plus tard.

— Ai-je donc dormi si longtemps? Je n'arrive pas à le croire, s'exclama Ashley, l'air affolé. Comment s'est passée ta séance de gymnastique?

Cord esquissa un sourire.

— Fort bien, répondit-il. Presque tous les hommes inscrits au programme étaient là. Ils m'envient tous ma ravissante épouse et se demandent comment j'ai pu trouver le temps de fumer avec une femme aussi jolie à mes côtés.

Sentant ses joues s'empourprer, Ashley détourna la tête. Les sentiments qu'elle éprouvait pour lui, et qu'elle tentait d'étouffer depuis des mois, resurgissaient d'un seul coup. Il se comportait comme le Cord des premiers jours, celui dont elle était tombée éperdument amoureuse...

— Après pareil commentaire, je ne me suis pas attardé. Je n'avais qu'une idée en tête : retrouver ma chambre... et ma femme, ajouta-t-il d'une voix émue. Quand j'ai découvert que tu dormais, je n'ai pas résisté au plaisir de m'allonger auprès de toi.

Sûr de lui, il l'escorta jusqu'à la salle à manger. Ashley, en revanche, redoutait d'affronter tous ces hommes mariés qui avaient échangé des confidences avec Cord dans la salle de gym. Même si elle savait qu'ils plaisantaient, elle ne put s'empêcher de rougir en surprenant le clin d'œil que l'un d'eux adressa à Cord au moment où ils entraient dans la pièce.

Heureusement pour Ashley, les femmes étaient d'humeur bavarde. L'une d'elles lui demanda quand elle devait accoucher, et la conversation roula très vite sur ce sujet. Quelques minutes plus tard, elles échangeaient des photos de leurs propres enfants ou petits-enfants.

Chacune des femmes présentes avait été mère et toutes avaient des histoires à raconter concernant leurs accouchements, ponctuées par les commentaires des époux respectifs. L'atmosphère était si chaleureuse qu'Ashley avait le sentiment de connaître tout le monde depuis des années. Quand, enfin, fut abordée la raison de leur présence en ces lieux, le climat redevint sérieux.

L'attitude de Cord, jusque-là détendu et enjoué, changea du tout au tout. Sa main se crispa sur celle d'Ashley. Puis, prenant soudain conscience de la violence de son geste, il la lâcha en marmonnant des excuses.

De retour dans leur chambre, il prit la jeune femme par les épaules et plongea son regard dans le sien.

— Je ne peux encore te promettre que je ne fumerai plus jamais, déclara-t-il d'un ton grave, mais je te jure dès à présent que jamais — jamais, tu m'entends — je n'allumerai de cigarette en présence de notre enfant, ou de toi.

Ashley sentit des larmes lui brûler les paupières mais ne détourna pas les yeux.

— Je te crois, Cord, dit-elle d'une voix émue. Et je suis certaine que tu seras un père aimant et attentif.

— Merci, murmura-t-il.

Il pencha la tête et effleura ses lèvres d'un baiser, comme pour sceller un pacte. Ashley avait l'intime conviction qu'il tiendrait parole.

— Pendant que tu te prépares pour la nuit, je vais installer le Boggle.

— Le Boggle ?

C'était un jeu de société auquel ils avaient beaucoup joué pendant les longues soirées d'hiver, au début de leur mariage. La simple mention de ce jeu fit resurgir une foule de souvenirs.

— L'as-tu trouvé dans la salle commune? demanda-t-elle, troublée.

— Non, répondit-il avec un sourire triomphant. Je l'ai apporté de la maison dans l'espoir que tu y jouerais avec moi.

Elle faillit rejeter son offre en prétextant une extrême fatigue. En réalité, elle redoutait de passer une minute de plus en sa compagnie, car une soudaine lueur de désir dans ses yeux bleu foncé ou le pli émouvant de sa bouche risquaient à chaque instant de balayer ses défenses.

Pourtant elle n'avait pas le cœur de le repousser. Et, après huit mois de privation, elle ne pouvait se rassasier de sa présence.

— D'accord. Je vais me changer et je reviens. J'en ai pour un instant.

Sans le regarder, elle se dirigea vers les tiroirs et en sortit tout ce dont elle avait besoin. Il ne manquait que...

— J'ai suspendu ton peignoir dans la salle de bains, commenta Cord, devinant ses pensées, comme à son habitude.

— Merci.

Elle se glissa dans la pièce voisine, le cœur battant à tout rompre.

Dieu du ciel! Elle était aussi intimidée qu'au soir de leur nuit de noces.

Combien de fois avaient-ils fait l'amour au cours des six années de leur mariage? Mille fois, au moins. Alors, pourquoi s'inquiétait-elle ainsi?

Tourmentée par la nature de ses pensées, elle prit une douche et passa une chemise de nuit, priant que Cord ait décidé de regarder la télévision en l'attendant et soit, quand elle sortirait, trop absorbé pour souhaiter encore jouer au Boggle. Ainsi, espérait-elle, pourrait-elle se coucher directement...

Mais c'était compter sans l'aversion de Cord pour la télévision. Quand ils vivaient dans le Teton, ils n'avaient pas de téléviseur. Ils lisaient beaucoup, tous les deux. Ils appréciaient aussi de pouvoir discuter longuement, de jouer à des jeux de société ou même de mettre de la musique et de danser.

Ensuite, ils faisaient l'amour avec passion. Ces années-là avaient été si idylliques qu'Ashley n'aurait sans doute pas dû croire que leur vie serait toujours ainsi.

Quand elle rentra dans la chambre, sur la pointe des pieds, enveloppée dans le peignoir jaune qu'elle avait désormais peine à fermer, aucun son ne parvint à ses oreilles.

Cord s'était changé, lui aussi, et avait enfilé son peignoir vert. Il était assis à côté du lit et tenait dans ses mains la boîte de Boggle.

Il leva les yeux vers elle. Elle sentit son regard approbateur errer sur son corps et frissonna comme s'il l'avait caressée.

— Viens par ici, dit-il en posant la main sur le matelas. Le bord du lit fera office de table.

Ashley contourna le lit et se glissa entre les draps aussi gracieusement que son état le lui permettait. Le voyant sourire, elle prit un air menaçant.

— Surtout, ne te moque pas de moi ! lança-t-elle tandis que, centimètre par centimètre, elle gagnait la position allongée.

Alors elle remonta les draps jusqu'au menton et ajouta :

— Les hommes ne sauront jamais ce que l'on éprouve à ressembler à une baleine échouée, incapable de se déplacer sans qu'on la hisse.

Cord ne put réprimer un éclat de rire, dont le son grave fit frissonner Ashley, malgré sa détermination à ne pas succomber une nouvelle fois à son charme.

— Tu ne ressembleras jamais à une baleine, chérie, protesta-t-il avec, toutefois, une lueur malicieuse au fond des yeux.

— Dis-moi une chose, Cord...

— Tout ce que tu veux, répondit-il avec une soudaine gravité.

Elle se mordit la lèvre, hésitante.

— Quand tu as vu que j'étais enceinte, pourquoi as-tu pensé que c'était l'enfant de Greg ?

Il prit un air sombre.

— Quand je t'ai croisée, dans le couloir, il m'a fallu plusieurs secondes pour comprendre qu'il s'agissait bien de toi.

Il scruta la jeune femme avec intensité.

— Tu savais combien j'aimais tes longs cheveux, ajouta-t-il d'une voix lourde de reproche. J'étais certain que tu ne les couperais jamais, à moins que ce ne soit pour un autre homme. Au fond de moi, je savais que tu n'avais jamais couché avec Greg, mais, fou de jalousie et de douleur, je l'ai dit pour te pousser dans tes retranchements et t'obliger à me révéler le nom du vrai père.

Ashley prit un air coupable et baissa les yeux.

— Je... je suis désolée que tu aies découvert ma grossesse de cette façon, murmura-t-elle. Avec le recul, je comprends maintenant que c'était une mauvaise idée de te cacher la vérité. Tu avais le droit de savoir en même temps que moi.

Sa voix se brisa.

— Quant à mes cheveux, il est vrai qu'après toutes ces années, cela m'amusait d'essayer quelque chose de nouveau. Je pensais, par ailleurs, que ce serait plus pratique pour m'occuper du bébé. Mais je sais que cela me change beaucoup.

— Crois-tu vraiment que ta coupe de cheveux fasse la moindre différence pour moi ? s'écria-t-il. Bon sang, Ashley, tu es ravissante, de toute façon ! Quant aux regrets, j'en ai trop moi-même pour te reprocher quoi que ce soit. Tu portes mon enfant et vous êtes tous les deux en bonne santé. C'est tout ce qui compte pour moi.

Elle acquiesça.

— Je suis d'accord avec toi. Dorénavant, notre enfant doit passer avant tout.

— Où habites-tu en ce moment ?

Sa question soulevait un nouveau sujet de querelle, qu'elle avait hésité à aborder, convaincue que Cord réagirait mal.

Elle fixa le mur, en face d'elle.

— Jusqu'à ce matin, j'habitais chez une vieille dame, dont je m'occupais. Mais j'ai quitté ce travail pour venir à l'hôpital. Quand je sortirai d'ici, dimanche, j'irai m'installer dans l'appartement que j'ai loué, dans un quartier résidentiel très agréable.

Un silence éloquent accueillit sa réponse.

— Comment comptes-tu gagner ta vie? demanda-t-il enfin.

— Je suis tranquille pour quelques mois. Ensuite, je chercherai une autre place de garde-malade où je pourrai habiter avec l'enfant. Grâce à Mme Bromwell et à sa famille, j'ai de bonnes références.

Ashley s'attendait à une réaction indignée de Cord. Un peu plus tôt, il avait déclaré qu'il refusait de lui accorder le divorce, pourtant, il ne protesta pas.

Sans doute allait-il, au moins, lui demander d'accepter son argent pour faire face aux dépenses supplémentaires occasionnées par l'arrivée du bébé. Mais, à sa grande surprise, il ne fit rien de tout cela. En fait, il resta muet.

Tournant la tête vers lui, Ashley constata qu'il contemplait avec admiration le nid d'ange qu'elle avait oublié sur la chaise.

— C'est superbe! J'ignorais que tu savais faire ce genre de choses.

— Les dames de la paroisse que je fréquente m'ont appris à broder.

— Alors, c'est là que nous ferons baptiser notre enfant! As-tu déjà acheté sa robe de baptême?

— Non, bredouilla-t-elle. Pas encore.

— Si tu préfères finir ton ouvrage plutôt que jouer, je le comprendrai fort bien.

— Non. J'ai presque terminé. Je trouverai bien un moment, plus tard dans la semaine.

Elle le regarda reposer le nid d'ange avant de s'immobiliser, et comprit alors qu'un sujet capital occupait toutes ses pensées.

— Je suis prête, si tu veux jouer, annonça-t-elle doucement pour lui rappeler qu'elle se trouvait toujours dans la pièce.

— Ashley... si tu n'y vois pas d'inconvénient, je préfère ne pas jouer. Je crois que j'ai besoin d'une tasse de café. Je vais aller jusqu'au salon. Veux-tu que j'éteigne la lumière en sortant ?

A l'idée de rester seule, elle sentit le désespoir la gagner.

— Oui, merci, répondit-elle pourtant.

— Bonne nuit, Ashley. Je te verrai demain matin.

Quand elle entendit la porte se refermer sur Cord, des larmes jaillirent de ses yeux. Ce besoin subit de sortir était-il lié au fait qu'il était resté une journée entière sans fumer, ou bien y avait-il à ce comportement étrange un motif beaucoup plus important ?

Elle n'avait pas la moindre idée de ce qu'il pensait ou ressentait. Mais Sheila occupait peut-être encore ses pensées. Pourtant, Cord jurait qu'il n'y avait jamais eu entre eux de liaison illicite, qu'il était sorti ce matin-là et ignorait tout de l'intrusion de Sheila dans sa chambre. Devant Vince, il avait même clamé son mépris à l'égard de sa belle-mère. Quelle version était la vraie ?

Ashley tournait et retournait inlassablement la question dans sa tête. Cord s'était-il, quant à lui, lassé de la poser ?

Etait-ce pour cette raison qu'il avait quitté précipitamment la chambre — parce qu'elle lui avait annoncé ses projets pour la sortie de l'hôpital, dimanche, déclarant ainsi ouvertement qu'elle n'avait pas l'intention de revivre avec lui ?

Toute la journée, ils avaient discuté comme aux temps heureux de leur mariage. Ils avaient beaucoup progressé. Etre allés aussi loin pour en arriver là — voir Cord se retirer en lui-même, où elle ne pouvait plus l'atteindre — lui donnait envie de pleurer.

Oubliant qu'elle était enceinte, elle se redressa d'un bond.

Une violente contraction lui arracha un cri de douleur et l'arrêta net dans son élan. Elle attendit que la douleur soit passée pour repousser la couverture à gestes mesurés et se lever.

Elle glissa les pieds dans les chaussons fournis par l'hôpital et quitta la chambre. Le cœur battant, elle longea le couloir jusqu'au salon et poussa la porte. Plusieurs couples bavardaient, mais elle ne vit Cord nulle part.

Ils lui proposèrent de se joindre à eux mais, prétextant la fatigue, elle déclina poliment leur invitation.

— Avez-vous vu mon mari ?

Jerry acquiesça.

— Il est venu boire une tasse de café. Il nous a dit qu'il devait téléphoner mais ne voulait pas vous déranger. Je lui ai proposé d'utiliser le téléphone de notre chambre. Nous sommes dans la 506.

— Il doit encore y être, surenchérit son épouse.

— Merci, répondit Ashley, le cœur dans un étau.

Plus déterminée que jamais, la jeune femme partit à la recherche de son mari. La porte était restée entrouverte. Elle entra sans frapper.

Cord se tenait devant la table de nuit, le téléphone calé dans le creux de l'épaule. Il parut extrêmement surpris de la voir entrer dans la pièce. Fronçant les sourcils, il marmonna quelques mots inintelligibles avant de couvrir l'appareil avec la main.

— Ashley ? Que se passe-t-il ? demanda-t-il d'une voix inquiète.

Elle prit son courage à deux mains.

— C'est ce que je suis venue te demander. A qui parles-tu ?

— A Greg. Pour le remercier.

— De quoi ?

— De m'avoir empêché de renoncer à toi. Je voulais qu'il sache que ses conseils avaient porté leurs fruits.

Elle se raidit.

— N'est-ce pas un peu prématuré ? Ce soir, tu t'es

complètement renfermé. Tu m'as posé des questions et, au lieu de me dire ce que tu pensais, tu as quitté la pièce sans explication. C'est cette habitude qui a provoqué notre séparation, il y a quelque temps...

Elle savait que Greg était encore au bout du fil — ou était-ce Sheila ? Comment savoir ? — mais elle ne pouvait plus s'arrêter.

— Dis-moi que je me trompais, Cord, et mettons fin à cette farce. Inutile de faire perdre son temps au Dr Drake.

Sans manifester la moindre émotion, Cord reporta le combiné à son oreille.

— Greg, je te rappellerai, se contenta-t-il de dire avant de raccrocher.

Ashley ne s'attendait pas à une action si rapide. Quand il commença à marcher vers elle d'un pas déterminé, un frisson de peur la parcourut.

Peu désireuse d'avoir un auditoire, elle fit volte-face et, le précédant, retourna dans leur chambre.

— Peux-tu me dire quand, exactement, je me suis renfermé sur moi-même ? demanda-t-il quand il l'eut rejointe.

Elle se tenait au milieu de la pièce, haletante.

— Aujourd'hui, tu as déclaré que tu comptais annuler le divorce, mais tu n'as fait aucun commentaire, ce soir, au sujet de mes projets. Nous devions jouer ensemble au Boggle, mais soudain, tu as changé d'avis et tu as quitté précipitamment la pièce, sans explication. Que se passe-t-il en toi, Cord ? Si nous ne pouvons pas en discuter, alors il est inutile de rester ici.

Il croisa les bras.

— J'admets que nous avons beaucoup progressé aujourd'hui. Peut-être trop. Vince m'avait prévenu, ce matin. Il m'a dit d'y aller doucement.

— Vince ? répéta-t-elle en fronçant les sourcils. Est-ce à cause de lui que tu m'as dit « bonne nuit » avant de quitter la pièce, comme si j'étais une enfant et qu'il était l'heure de dormir ?

— Qui d'autre saurait que je suis comme une bombe prête à exploser ?

— Je ne suis pas sûre de comprendre.

Ses yeux étincelèrent.

— Alors je vais t'expliquer. Crois-tu qu'il me soit agréable de t'entendre dire que tu as été obligée de faire la garde-malade alors que, pendant tout ce temps, j'aurais dû être à tes côtés ?

» Crois-tu que cela m'amuse d'apprendre qu'au lieu de voir tes amies, d'acheter des vêtements et de préparer la naissance du bébé, tu étais cloîtrée, sans argent, sans divertissements, sans rires ?

» Tu peux dire adieu à ton appartement ! A la sortie de l'hôpital, tu rentreras à la maison avec moi. C'est là qu'est ta place. Nous allons reprendre au plus vite notre vie de couple. Ai-je été assez clair ?

6.

Le mercredi s'annonçait splendide, songea Ashley. Ce jour-là, Cord l'accompagnait chez son médecin, et cette perspective semblait le combler de joie.

— Avant toute chose, docteur Noble, sachez que jusqu'à avant-hier matin, Cord ignorait que j'attendais un enfant. Je... Tout est ma faute, balbutia la jeune femme, troublée par le regard pénétrant de Cord.

Il fallut plusieurs secondes au médecin pour enregistrer la révélation de sa patiente.

— Eh bien, dit-il enfin, mieux vaut tard que jamais. Félicitations, mon garçon ! Cet enfant défie toutes les lois de la médecine, j'espère que vous en êtes conscient.

— Je suis en état de choc depuis que j'ai vu mon épouse enceinte, répondit Cord avec un sourire. Comment va-t-elle aujourd'hui ?

— Sa tension est normale et son pouls est parfait.

Cord tourna la tête vers Ashley et croisa son regard.

— C'est bien, répondit-il d'une voix émue.

— Ashley ?

Troublée, la jeune femme eut peine à détacher son regard pour fixer son attention sur le vieil homme.

— La taille de votre bébé est normale, commença-t-il. Je ne vois donc aucune raison pour que vous ne meniez pas votre grossesse à terme. Par prudence, je vais toutefois vous prescrire une ultime échographie. Au fait, êtes-vous toujours certaine de ne pas vouloir connaître le sexe de l'enfant ?

— Ma femme m'a confié qu'elle préférait avoir la surprise, intervint Cord. Et je respecte son vœu.

Mal à l'aise, Ashley avala sa salive. Elle était convaincue que Cord brûlait d'envie de connaître le sexe de l'enfant mais jusque-là, il s'était plié à ses moindres désirs. A la vérité, elle-même était très impatiente de savoir si elle attendait une fille ou un garçon. Mais jusqu'à présent, elle avait refusé de connaître trop de détails concernant cet enfant, par crainte de le rendre trop réel.

L'idée de mener seule cette grossesse à son terme, d'accoucher sans le moindre soutien et, pire encore, d'élever cet enfant sans père, la terrifiait.

Mais les circonstances avaient changé. Désormais, Cord était à ses côtés. Le moment était venu d'apprendre, ensemble, la nouvelle.

— En fait, nous aimerions bien le savoir...

A ces mots, la poitrine de Cord se souleva et s'affaissa brusquement, tandis que le médecin lui jetait un regard approbateur.

— Je vais appeler le service d'échographie, en bas, pour demander qu'on vous trouve un rendez-vous ce matin.

A cet instant, Ashley eut l'impression que son cœur allait exploser. Cord passa un bras sur ses épaules et la serra contre lui.

Il remercia chaleureusement le médecin, mais sa voix trahissait une impatience aussi grande que celle de son épouse, ou peut-être plus grande encore car, si elle avait eu plusieurs mois pour assimiler ce miracle, lui était encore sous le choc de la découverte.

Apparemment, le Dr Noble pouvait déplacer des montagnes car moins d'une heure plus tard, elle était admise dans le service approprié, revêtue d'une blouse d'hôpital et allongée sur la table tandis qu'une infirmière lui enduisait le ventre de gel en vue de l'examen.

Lors de la première échographie, à dix-huit semaines, Ashley s'était refusé le plaisir de connaître le sexe de son enfant. Mais aujourd'hui, elle ne le regrettait pas. Faire cette découverte en compagnie de Cord était l'une des expériences les plus excitantes de toute son existence.

La radiologue posa la sonde sur son ventre.

— Suivez sur l'écran, suggéra-t-elle.

Cord approcha une chaise et prit la main d'Ashley, qu'il serra vigoureusement. Bouleversée par la tendresse de ce geste, la jeune femme eut peine à se concentrer.

Elle jeta néanmoins un coup d'œil en direction de l'écran et retint un cri de surprise. La forme du bébé était beaucoup plus développée et identifiable qu'auparavant.

— Mon Dieu..., murmura Cord, émerveillé, tandis que la radiologue déplaçait la sonde.

Au passage, elle indiqua les bras, les mains, les doigts. La tête semblait parfaitement proportionnée.

Pendant une dizaine de minutes, ils s'extasièrent sur ce miracle de création qui remuait dans le ventre d'Ashley. Soudain, Cord s'exclama :

— C'est un garçon !

Son cri joyeux résonna dans toute la pièce.

— Cela ne fait pas de doute, commenta la radiologue avec un sourire.

Submergée par l'émotion, Ashley ne put réprimer un sanglot. Cord se pencha vers elle et l'embrassa tendrement. Il sembla à la jeune femme que ses joues étaient, elles aussi, mouillées de larmes.

— Ce sera donc Cabe, murmura-t-il tout contre son oreille. Un beau nom, tout simple. Cela se fête. Nous irons faire quelques emplettes en sortant d'ici, d'accord ?

Ashley devina ce qui se passait en lui. Sachant désormais qu'il s'agissait d'un garçon, il voudrait lui acheter toutes sortes d'affaires. Et, bien entendu, il ferait livrer le tout chez lui.

Tout cela aurait été parfait si Ashley avait pris la décision de retourner vivre avec lui. Mais il n'en était rien.

L'avant-veille, Cord avait déclaré qu'elle rentrerait à la maison avec lui, après l'hôpital, d'un ton qui interdisait tout commentaire. Après lui avoir prescrit une bonne nuit de sommeil, sous le prétexte que la journée avait été éprouvante, il l'avait laissée seule.

Elle aurait pu courir derrière lui et insister sur le fait que rien n'était encore décidé, que c'était toujours sa parole contre celle de Sheila. Mais c'eût été sous-estimer son désir de reconstruire la cellule familiale.

Le défi qu'il lui avait lancé concernant Sheila et son intention de la prendre à son propre jeu était si inattendu qu'elle avait besoin de temps pour assimiler sa proposition.

Autrement dit, Cord espérait qu'elle reviendrait vivre avec lui et qu'ensemble, ils prouveraient que Sheila était bien, comme il le clamait depuis toujours, une menteuse et une manipulatrice. Ferait-il une telle suggestion s'il n'était pas convaincu de son issue ?

Si Ashley refusait d'adhérer à ce plan, elle n'obtiendrait jamais la preuve irréfutable de ce qu'il avançait et garderait toujours un doute au fond d'elle-même. Cord le savait. Il était prêt à prendre le risque.

Mais elle ?

En toute bonne foi, elle avait été incapable de répondre à cette question — du moins jusqu'au moment de l'échographie. Mais voir leur enfant lui avait enfin fait prendre conscience de ce pour quoi elle se battait.

Elle avait alors compris que si elle n'allait pas jusqu'au bout, quel qu'en soit le prix, pour affronter Sheila, elle ne connaîtrait plus de répit. Pire, elle priverait leur enfant d'un vrai foyer.

Cord l'implorait de lui accorder une seconde chance. Il faisait tout ce qui était humainement possible pour sauver leur mariage. A elle, désormais, de faire un pas. Mais avant de s'engager, elle avait besoin de se confier.

— Je... je crois qu'il est temps que je me rhabille, répondit-elle, se refusant à discuter de leur vie privée devant un témoin.

Elle devina à l'expression de Cord que son silence le contrariait. Il se leva et, l'air mécontent, informa la radiologue qu'ils devaient rentrer immédiatement à l'hôpital de City Creek.

Comme ils s'éloignaient, Ashley entendit son mari poser au médecin quelques questions sur les mesures relevées pendant l'examen. Elle en profita pour retourner dans sa cabine, au fond du couloir. Après avoir retiré la blouse fournie par l'hôpital et remis ses propres vêtements, elle alla retrouver Cord, qui l'attendait devant la réception.

— Avant toute chose, commença-t-elle, j'aimerais m'arrêter à Sainte-Anne. Cela ne t'ennuie pas ?

Si cette requête le surprit, il n'en laissa rien paraître.

— Pas du tout, murmura-t-il avant de lui ouvrir la portière de sa Land Rover grise.

Ils parcoururent en silence le court trajet qui les séparait de l'orphelinat. Elle pensait lui suggérer de l'attendre dans la voiture, mais il avait déjà contourné la Land Rover pour lui ouvrir la portière et l'aider à descendre. Ensemble ils gravirent les marches menant à l'établissement. C'était dans ce vieil édifice en brique, converti en orphelinat après la Première Guerre mondiale, qu'elle avait vécu toute son enfance, et son cœur se serra quand elle franchit le seuil.

Une religieuse qu'Ashley ne reconnut pas assurait désormais la permanence au bureau d'accueil, mais la même odeur de désinfectant vint lui chatouiller les narines. Assaillie par les souvenirs, elle ferma un instant les yeux.

Dieu merci, leur fils aurait un père et une mère pour l'élever !

— Va voir sœur Bernice, dit Cord, lisant dans ses pensées. Je t'attendrai dans le hall.

— Je... je ne serai pas longue.

— Prends tout le temps nécessaire, insista-t-il. Je ne vais pas profiter de ton absence pour allumer une cigarette, si c'est ce qui t'inquiète !

— L'idée ne m'a même pas effleurée, protesta-t-elle. Mais je suis sûre que sœur Bernice serait heureuse de te saluer avant notre départ. Tu lui avais fait grande impression lorsque je t'avais présenté à elle, avant notre mariage.

— Va d'abord la voir seule, répondit Cord, flatté. Si elle le souhaite, nous nous verrons ensuite.

Ashley acquiesça.

— Je n'en ai pas pour longtemps.

Elle pivota sur les talons et se dirigea vers le bureau. Bien que financé par le gouvernement, l'orphelinat était entièrement tenu par des religieuses.

Quand Ashley s'était enfuie de chez Cord, ce funeste matin, elle était venue se réfugier auprès de sœur Bernice. Cette femme, qui était désormais la mère supérieure de Sainte-Anne et approchait des soixante-dix ans, avait toujours joué un rôle positif dans la vie d'Ashley.

Soudain, elle s'arrêta devant la porte et frappa. Au son de cette voix si familière qui lui répondait d'entrer, la jeune femme sentit les battements de son cœur s'accélérer.

— Je ne vous dérange pas ? demanda-t-elle en s'asseyant sur la chaise située en face de la sœur.

— Tu sais bien que tu ne me déranges jamais ! Alors, combien de jours encore avant le grand événement ?

— Trois semaines environ.

— Je tiens à être prévenue dès que tu auras accouché. Je suis impatiente de tenir cet enfant dans mes bras.

Ashley sourit, refoulant les larmes qui lui brûlaient les paupières.

— Vous serez la première informée. Vous êtes une sorte de grand-mère pour lui.

— Lui ? Alors c'est un garçon, répondit en riant sœur Bernice, visiblement heureuse de l'honneur que lui faisait sa jeune protégée.

Retrouvant un air sérieux, elle ajouta :

— Son père est-il prévenu ?

— Euh... oui.

— Depuis quand ?

— Lundi, avoua Ashley.

— Au moins, il est au courant, dit enfin sœur Bernice avec un soupir. Bon... je vois bien que quelque chose t'inquiète. Parle, j'ai tout mon temps.

Sa sagacité et sa bonté avaient rendu sœur Bernice très populaire auprès des enfants de l'orphelinat. Elle n'avait pas changé avec les années et restait la religieuse attentive et compréhensive qu'Ashley avait toujours connue. Cela encouragea la jeune femme à se livrer.

Sœur Bernice se renfonça dans son siège et, les mains jointes sous son menton, réfléchit à ce que venait de lui révéler Ashley.

— Si je comprends bien, tu es anxieuse à l'idée d'affronter la belle-mère de ton mari parce qu'elle t'a toujours intimidée. Cela ne m'étonne pas. Cette Sheila me rappelle une autre enfant de l'orphelinat. Te souviens-tu de Marsha ?

Marsha...

La simple évocation de ce nom était douloureuse.

— Oui, répondit Ashley d'une voix tremblante. Celle qui s'est enfuie de Sainte-Anne.

— Exactement. Elle avait quelques années de plus que toi et te jalousait terriblement.

— Vous étiez au courant ? s'exclama Ashley, stupéfaite.

— Je l'avais remarqué. Quand elle est arrivée chez nous, elle était déjà très perturbée.

Avec du recul, Ashley comprenait tout à coup que Marsha n'avait jamais cessé de chercher à lui causer des ennuis. Pour une aussi jeune personne, elle était étonnamment cruelle et perverse. Comme Sheila...

— Mais tu es une adulte, aujourd'hui. Tu ne dois plus te laisser intimider ou effrayer par qui que ce soit. La suggestion de ton mari me semble bonne. Il veut que cette Sheila apparaisse sous son vrai jour. Si tu retournes vivre avec lui dans sa maison, tu auras ainsi la possibilité de découvrir la vérité par toi-même.

Ashley prit une profonde inspiration.

— Et si Cord me cache encore des choses ?

Sœur Bernice lui jeta un regard sévère.

— C'est ton devoir d'épouse de le découvrir, non ?

Ashley n'avait pas envisagé la question sous cet angle.

— Oui, admit-elle.

— Tu l'aimes encore, sinon, tu n'aurais jamais accepté de suivre le programme de l'hôpital avec lui.

— Vous avez raison. Je crois que je l'aime plus que jamais, s'exclama la jeune femme. Vous n'imaginez pas comme il est heureux pour le bébé.

— Il peut l'être ! Ashley... puisque tu es venue me voir, je vais te dire une chose : je te crois parfaitement capable d'affronter Sheila ou n'importe qui... à condition que tu sois décidée à le faire ! Trois vies en dépendent. Le bien-être d'une aussi charmante famille que la tienne mérite bien que tu te battes.

Ashley courba la tête.

— C'est vrai. Mais je crois que j'avais besoin de vous entendre répéter que vous aviez confiance en moi.

— En doutais-tu ?

— Non, murmura la jeune femme, émue.

— C'est bien ! Allons, viens, ne faisons pas attendre ton mari plus longtemps.

Sœur Bernice se leva et accompagna Ashley jusqu'à l'entrée. Dès qu'il les vit apparaître, Cord vint à leur rencontre.

La religieuse lui adressa un sourire radieux.

— Toutes mes félicitations au futur père !

Merci, ma sœur, répondit Cord avec chaleur. Je suis heureux de vous revoir.

— Rien n'aurait pu me faire plus plaisir que cette visite et je suis impatiente de tenir votre petit dans mes bras.

— Je vous appellerai dès qu'Ashley aura accouché, promit Cord.

— Je compte sur vous, dit-elle, les yeux brillants. Et avant de partir, si vous souhaitez entrer dans la chapelle pour remercier Dieu du miracle qu'Il vous a accordé, libre à vous. Moi-même, dans mes prières, je penserai à vous.

Après un dernier regard, éloquent, à l'intention d'Ashley, elle s'éloigna.

— Ashley? dit Cord quand ils furent de nouveau dans la voiture, prêts à partir.

— Oui?

— A part le nid d'ange que tu es en train de terminer, qu'as-tu acheté pour le bébé?

— Rien, avoua-t-elle, embarrassée. J'attendais d'avoir emménagé dans l'apparte...

— Ce qui n'arrivera pas! coupa-t-il d'une voix brusque. A ce propos, j'aimerais que tu me communiques le numéro de téléphone de ton propriétaire pour que je lui dise de chercher quelqu'un d'autre.

Ashley se mit à trembler. Cord voulait un engagement de sa part. Tout de suite.

— Ce n'est pas un mais une propriétaire, rectifia-t-elle. Je l'appellerai de l'hôpital.

Même si rien dans l'attitude de Cord n'avait changé, elle sentit pourtant qu'il se détendait peu à peu.

— As-tu signé un bail?

— Oui. De six mois.

— J'en fais mon affaire, marmonna-t-il en tournant la clé de contact. Puisque tu rentres à la maison avec moi, pourquoi ne pas faire quelques achats aujourd'hui que nous ferons livrer lundi?

Ashley tenta d'imaginer la tête de Sheila en voyant les colis arriver, mais l'exercice était trop ardu.

— Nous n'avons même pas de chambre pour lui!

— Nous nous en occuperons dès notre retour la semaine prochaine. En attendant, nous entreposerons les affaires dans la chambre voisine de la nôtre. Es-tu trop fatiguée pour faire un saut dans un magasin? demanda Cord.

Bien qu'épuisée, elle ne voulut pas le décevoir.

— Non, mais l'heure du déjeuner approche. Nous devrions être déjà rentrés.

— L'échographie était plus importante. Nous achèterons un hamburger en route. Je voudrais faire un tour chez Forsey.

Forsey ! Cord n'avait donc pas oublié !

Avec un frisson d'excitation, Ashley se remémora dans les moindres détails les berceaux, lits d'enfants, armoires, petits fauteuils et autres maisons de poupées de ce magasin spécialisé dans la copie artisanale de meubles anciens.

Avant de découvrir qu'ils n'auraient sans doute jamais d'enfant, Ashley lui demandait toujours de s'arrêter devant ce magasin quand ils venaient à Salt Lake City.

Depuis leur séparation, elle avait renoncé à toute idée de mobilier luxueux, mais Cord semblait même se rappeler un certain mobilier en chêne naturel qu'elle aimait tout particulièrement. Celui-là conviendrait à merveille pour une chambre de garçon.

Quand ils atteignirent le magasin, Ashley attendit que Cord vienne lui ouvrir la portière avec un mélange d'enthousiasme et d'anxiété. Même s'ils étaient toujours les deux mêmes personnes, tout avait changé entre eux depuis qu'elle avait accepté de mettre fin à leur séparation et de revenir vivre avec lui.

Dans son esprit, toutefois, il leur restait encore de nombreux détails à éclaircir. Si elle faisait chambre commune avec lui, à l'hôpital, elle n'était pas encore prête à faire l'amour.

Mais elle craignait que Cord ne voie les choses différemment. Un changement subtil s'était opéré en lui, qu'elle perçut tandis qu'ils circulaient dans le magasin — une énergie palpable, sensuelle, qui émanait de lui à chaque mot murmuré ou geste prodigué.

Quand ils s'arrêtèrent devant le meuble convoité, Cord, qui se trouvait derrière elle, l'enlaça et l'attira contre lui. Profondément troublée par l'érotisme de ce geste, Ashley, dut se raccrocher à lui pour ne pas tomber.

— Veux-tu que je demande au vendeur de nous livrer l'ensemble complet?

— Je... Te plaisent-ils vraiment autant qu'à moi? demanda-t-elle enfin d'une voix balbutiante.

La bouche collée contre son oreille, il murmura :

— Ce sont ceux que j'avais choisis il y a des années.

L'accent douloureux de sa voix fit prendre conscience à Ashley de ce qu'il avait enduré. Et elle comprit que cet instant était aussi bouleversant pour lui que pour elle.

Elle aurait aimé rester blottie dans ses bras et Cord semblait souhaiter, lui aussi, que cet instant ne finisse jamais. Mais d'autres personnes s'approchaient pour regarder les meubles.

— Nous achèterons le reste la semaine prochaine, promit-il en lui prenant la main pour l'entraîner vers la caisse où les attendait le vendeur.

Il passa commande, régla et communiqua l'adresse de livraison sans pouvoir se résoudre à rompre le contact physique avec elle. Il la tenait comme s'il craignait de la voir disparaître.

Il s'arrêta pour acheter des sandwichs sur le chemin de l'hôpital. Tout en mangeant, ils parlèrent de leur enfant, des parents qu'ils souhaitaient être, de l'éducation qu'ils désiraient lui donner, et découvrirent qu'ils étaient d'accord sur tout.

Ashley en éprouva un sentiment de plénitude qu'elle n'avait jamais connu auparavant.

« Profites-en tant qu'il est temps, lui murmurait une petite voix en guise d'avertissement. La vie sera peut-être très différente quand tu auras quitté la sécurité de l'hôpital ».

— Ashley? Nous sommes arrivés.

Elle cligna des yeux, surprise de découvrir qu'ils étaient arrêtés sur le parking de l'hôpital.

— Pourquoi cet air sombre?

Derrière le ton mi-moqueur de sa question, Ashley décela une certaine anxiété.

— Je... je pense que ce doit être la crainte de ne pas être une bonne mère, mentit-elle.

Il lui sourit et, comme chaque fois, elle sentit son cœur gonfler dans sa poitrine.

— Je n'ai pas le moindre doute à ce sujet, affirma-t-il d'une voix rassurante. Tu es née pour ça.

Sur ces mots, il se pencha et effleura ses lèvres d'un tendre baiser avant de se hisser hors de l'automobile pour l'aider à sortir, à son tour.

Le moindre contact entre eux avait sur elle un effet électrisant. Heureusement pour elle, ils allaient vivre les prochains jours dans un environnement surveillé. Avec tout ce monde autour d'eux — le personnel de l'hôpital allant et venant librement dans leur chambre — ils ne seraient jamais véritablement seuls.

Elle redoutait le jour où ils le seraient enfin, redoutait de faire l'amour avec lui. Car une fois de retour dans son lit, dans ses bras, Ashley, éperdue de bonheur, redeviendrait fragile et vulnérable. Mais elle refusait de revivre le cauchemar des mois passés, de souffrir comme elle avait déjà souffert !

Et, n'en déplaise à Cord, tant que la question de Sheila ne serait pas réglée, d'une manière ou d'une autre, elle ne pouvait envisager de redevenir son épouse à part entière.

Il fallait qu'ils soient bien d'accord sur ce point avant de quitter l'hôpital, dimanche. Sinon, elle partirait de son côté. Seule.

— Hé, vous deux ! leur lança Jerry, qu'ils croisèrent dans le couloir. Où étiez-vous donc passés ?

Cord ralentit et lui sourit.

— Chez le médecin.

— Tout va bien, j'espère ? demanda Jerry, l'air inquiet.

Cord laissa échapper un soupir satisfait.

— Oui, dit-il. Nous venons d'apprendre que nous allons avoir un garçon.

— Ça, c'est une nouvelle. Il faut fêter cela dès ce soir !

— Bonne idée ! N'est-ce pas, chérie ?

Comme ils passaient devant le bureau des infirmières, l'une d'elles les interpella.

— Monsieur McKnight ?

Cord s'arrêta, sans lâcher Ashley.

— Oui ?

— Une dame est venue vous voir. Elle vous attend en bas.

7.

Ashley sentit son sang se glacer.

A peine trois jours d'absence, songea-t-elle, et déjà Sheila essaie d'entrer en contact avec Cord !

— Nous lui avons dit qu'il était interdit de voir les patients en cours de traitement, mais elle a insisté. Elle a dit qu'il s'agissait d'une urgence et qu'elle devait absolument vous parler.

Cord tourna la tête et jeta à Ashley un regard hostile.

— Je sais ce que tu penses, dit-il, devançant sa réaction. Mais je te jure que j'ignore comment elle a suivi ma trace jusqu'ici. Seul Dan, au bureau, est au courant. Les autres pensent que j'ai pris une semaine de vacances.

— Je te crois. Pourquoi, sinon, te serais-tu donné tant de mal pour m'attirer ici ?

Il l'observa pour tenter d'évaluer sa sincérité, puis lui saisit la main.

— Qu'elle aille au diable ! Viens, retournons dans notre chambre, déclara-t-il d'un air féroce.

— Non, Cord. Il est probable qu'elle cherche un prétexte pour te voir, mais on ne peut exclure qu'elle ait vraiment quelque chose à te dire. Alors, puisqu'elle est là, autant en avoir le cœur net.

Elle l'entendit prendre une profonde inspiration.

— Je n'accepte de la voir qu'à une seule condition : que tu sois à mes côtés. Mais si cela doit te bouleverser, je ne suis pas prêt à courir le risque.

Lui faisait-elle confiance ? Si oui, elle devait suivre la ligne qu'elle s'était fixée. Il en allait de son avenir et de celui de son mari. Comme l'avait dit sœur Bernice, c'était son devoir d'épouse de faire la lumière sur toute cette affaire.

— Descendons voir ce qu'elle veut.

Le silence de Cord prouva qu'une fois encore, elle l'avait surpris. La Ashley qu'il connaissait n'aurait jamais osé faire une telle suggestion, et surtout, n'aurait jamais eu le courage de passer à l'acte.

— Je t'en supplie, Cord. Tu veux que je te fasse confiance, alors pourquoi ne pas aller la voir ensemble ?

— Es-tu bien certaine ? demanda-t-il, encore tiraillé.

Il plongea son regard dans celui de la jeune femme, et elle y lut de la crainte mêlée d'admiration.

— D'accord, mais promets-moi de me laisser faire. Quoi qu'elle ait à me dire, je ne lui accorde pas plus d'une minute.

N'ayant aucun désir de rester en compagnie de Sheila plus longtemps que nécessaire, Ashley hocha la tête.

— Allons-y !

Cord la prit par l'épaule et ils rebroussèrent chemin. Devant la double porte qui menait à l'ascenseur, il l'attira à lui.

— Une dernière chose avant de descendre, murmura-t-il.

Comme elle levait la tête vers lui, intriguée, il baissa la sienne et s'empara de ses lèvres avec fougue. Quand il s'écarta enfin, elle chancela, hors d'haleine et le cœur chaviré.

— Maintenant, je suis prêt, déclara-t-il.

Etourdie par ce baiser, Ashley parcourut comme une somnambule le trajet menant à la salle d'attente.

Ce qui la faisait avancer sans hésitation, malgré tout, c'était l'idée que Sheila s'attendait à voir une seule personne apparaître : Cord. La voir enceinte et blottie contre son mari ne manquerait pas de lui causer un choc.

Sheila ne fut pas difficile à trouver. Dans la salle d'attente bondée, Ashley constata sans surprise que la belle-mère de Cord dominait la foule par sa présence. Même au milieu de jolies femmes, elle attirait tout de suite l'attention.

Lors de leur première rencontre, Ashley avait comparé cette grande femme blonde et svelte à Veronica Lake, fameuse actrice des années 40, dont la célèbre mèche tombait en cascade sur son visage qu'elle masquait en partie.

Avec son port altier et ses jambes interminables, Sheila était la féminité incarnée. Elle avait visiblement apporté le plus grand soin à sa toilette et exhibait une étonnante robe de soie beige, des escarpins assortis et un rang de perles. Elle était belle, riche et sophistiquée.

Pendant un bref instant, Ashley fut désarçonnée. Jamais elle ne pourrait rivaliser avec cette créature éthérée ! Mais le fait de porter l'enfant de Cord, conforté par trois jours de thérapie, l'aida à retrouver rapidement toute sa confiance en elle.

Un encouragement supplémentaire lui vint de Cord, qui lui enserra fermement la taille.

— Sheila ? Tu voulais me voir ? Sortons d'ici, nous serons plus tranquilles.

Penchée sur un magazine, la belle-mère de Cord tourna la tête vers lui. En découvrant Ashley à son côté, elle s'immobilisa un instant, puis se leva avec grâce pour suivre le couple.

Dans le couloir désert, Ashley sentit le regard glacé de Sheila aller de Cord à elle, la jaugeant d'un battement de cils. Rien, dans son attitude, ne trahissait ses pensées.

— Eh bien, vous deux. Quelle surprise !

Cord serra un peu plus Ashley contre lui.

— Tout ce que je veux savoir, Sheila, c'est ce que tu as fait pour convaincre Dan de te dire où je me trouvais.

Devant la dureté de ces mots, Sheila conserva un air imperturbable.

— Il a convoqué une réunion extraordinaire du conseil, ce matin, pour nous remettre sa démission. Sans explication. Puis il est parti.

Ashley sentit Cord se raidir. Il y avait plus de quarante ans que Dan Locke travaillait pour l'entreprise, où il avait occupé toutes les fonctions avant d'en devenir vice-président et directeur de l'exploitation. L'annonce de sa démission lui portait un coup terrible.

— Il n'aurait jamais fait une chose pareille s'il n'y avait été acculé, gronda-t-il, menaçant.

— Je savais que la nouvelle te bouleverserait. Pour tenter de le faire revenir sur sa décision, j'ai appelé sa femme. Elle a refusé de me dire quoi que ce soit. Elle a ajouté que la seule personne à qui elle voulait bien parler, c'était toi, mais que tu étais à l'hôpital de Salt Lake City et que l'on ne pouvait pas te joindre.

Ebahie, Ashley ne put réprimer un frisson d'indignation en entendant Sheila exposer la stratégie qu'elle avait employée pour parvenir à ses fins. Son manque de scrupules vis-à-vis de Dan et de son épouse, Emilie, la laissait sans voix.

— Puisque tu avais découvert où je me trouvais, ton devoir de membre dirigeant du conseil était de m'informer immédiatement par téléphone, déclara Cord, visiblement bouleversé par la nouvelle de la démission de Dan. Pour de nombreuses raisons, ta venue à l'hôpital est absurde.

Adoptant un ton beaucoup plus doux, il ajouta à l'intention de sa femme :

— Partons, Ashley.

— Il y a autre chose, insista Sheila sans se laisser démonter.

Ashley l'aurait parié !

Percevant sa détresse, Cord resserra son étreinte.

— Rien ne pourrait être plus important que la démission tragique du meilleur élément de ma société. Comme tu peux le voir, Ashley est sur le point de donner naissance à notre fils, et elle a besoin de se reposer.

— Ton fils, Cord ?

Cette fois, Sheila ne parvint pas à dissimuler sa surprise. Et Ashley ne put s'empêcher d'en éprouver une immense satisfaction.

— Oui, tu as bien entendu. Un homme qui a la chance de pouvoir vivre un tel miracle doit s'estimer heureux. Mais que dire de moi, qui en ai vécu deux en une seule semaine ?

En prononçant ces mots, il tourna la tête pour contempler Ashley.

— Ma femme est revenue et mon bonheur est parfait, murmura-t-il avant de l'embrasser sur la bouche.

Oubliant toutes les souffrances et les blessures passées, Ashley s'abandonna à ce baiser avec un bonheur incommensurable.

— Je suis ravie d'apprendre cette heureuse nouvelle. Quand rentrez-vous à la maison, tous les deux ?

A contrecœur, Cord redressa la tête.

— Dimanche soir, lâcha-t-il avant d'entraîner Ashley vers l'ascenseur.

Dès qu'ils se furent éloignés, Cord prit les mains d'Ashley dans les siennes et déclara :

— Chérie ? Je voudrais me consacrer entièrement à nous, mais...

— Je sais, coupa-t-elle doucement. Dan a besoin de toi. Pendant que tu lui téléphones, je vais aller regarder un film avec les autres.

Il lui lança un regard éclairé d'une lueur nouvelle.

— Je te rejoins dès que possible, promit-il avant de l'enlacer pour un baiser tout aussi enflammé que le premier.

Le film était déjà bien avancé quand Cord vint enfin s'asseoir à côté d'elle, au fond de l'auditorium. Il chercha sa main et la serra fortement dans la sienne.

— As-tu réussi à le joindre ? murmura-t-elle.

— Oui.

Alarmée par le ton de sa réponse, elle l'observa dans la semi-obscurité.

— C'est sérieux, n'est-ce pas ?

Cord se tourna vers elle.

— Oui. Il refuse d'en parler.

— Pas même à toi ? demanda-t-elle en fronçant les sourcils.

— C'est bien cela qui m'inquiète.

Sheila n'était pas étrangère à tout cela, Ashley en était convaincue, mais elle préféra taire ses appréhensions.

Cord et elle venaient de retrouver une véritable complicité et elle ne supportait pas l'idée que Sheila puisse gâcher le plaisir de cet instant privilégié. Bien assez tôt, ils seraient contraints de retourner dans la maison familiale, où la présence de Sheila les priverait de toute réelle intimité.

— N'a-t-il vraiment rien dit qui puisse t'aider à comprendre sa décision ?

— Rien. Sinon qu'il estime qu'il est temps de passer à autre chose.

— Mais c'est absurde ! protesta Ashley. Il est trop précieux pour que la société puisse se permettre de le perdre, et trop âgé pour commencer une nouvelle carrière.

— Je suis entièrement de ton avis. Il s'est passé quelque chose d'anormal, sinon il ne chercherait pas à partir. Je lui ai proposé un rendez-vous pour demain, mais il a refusé et m'a annoncé qu'il ferait débarrasser son bureau à la première heure.

Ashley lui serra la main avec détermination.

— Alors il faut agir dès ce soir.

Elle sentit qu'il se raidissait.

— Je ne veux pas te quitter, avoua-t-il.

— Ce ne sera pas nécessaire si nous allons le voir ensemble.

— Non, Ashley, répondit-il d'un ton catégorique. Il est tard et tu as besoin de repos. Je ne veux pas t'entraîner dans une affaire pareille, surtout si près de l'accouchement.

— Je ne suis pas si fragile, Cord. Je me sens parfaitement bien et capable de te seconder dans cette histoire. Ce qui te concerne me concerne aussi.

— Seigneur ! Il y a si longtemps que je ne t'avais pas entendue prononcer ces mots. Je t'aime tant, ajouta-t-il d'une voix vibrante d'émotion. Je voulais que cette soirée soit particulière pour nous deux.

Emue, elle déposa un baiser dans le creux de sa main et murmura :

— Nous avons le reste de notre vie pour nous prouver nos sentiments. Mais il y a urgence. Emilie doit être bouleversée. Elle te fait confiance. Je sais qu'elle a une immense estime pour toi, Cord. Et j'ai l'intuition que, grâce à elle, nous pouvons parvenir jusqu'à lui.

— Si quelqu'un peut lui parler, c'est bien toi, ma chérie. Elle s'est prise d'amitié pour toi dès votre première rencontre, lors de ce pique-nique organisé par le comité d'entreprise.

Cord avait raison. Emilie et elle avaient été complices dès le premier instant.

— Alors ne perdons pas de temps. Pendant que tu vas demander l'autorisation de quitter l'hôpital, je retourne dans la chambre pour me préparer.

— Es-tu vraiment sûre de vouloir faire cela ?

— Ecoute, Cord. Si Dan est vraiment bouleversé, il pourrait envisager de quitter la ville dès qu'il aura vidé son bureau. Il est capable de disparaître sans laisser de traces. Tu ne peux laisser faire sans réagir.

Cord se leva brusquement de son siège et l'entraîna derrière lui. Devant la rapidité de sa réaction, Ashley ne put réprimer un frisson d'appréhension. Dès qu'ils furent hors de l'auditorium, il l'obligea à se retourner pour lui faire face.

— Mettons les choses au point une fois pour toutes, commença-t-il, les poings sur les hanches et les sourcils froncés. Toi et le bébé, vous êtes ma première priorité. Maintenant et pour toujours. Est-ce bien clair ?

— Oui, murmura-t-elle, quelque peu abasourdie.

Elle sentait qu'il n'osait encore croire à ce soudain revirement dans ses sentiments. En effet, après les longs mois de cauchemar qu'ils venaient de vivre, leur réconciliation tenait elle aussi du miracle.

— Va voir si nous pouvons sortir, d'accord ?

Avec un soupir, il l'embrassa sur le bout du nez.

— J'en ai pour un instant.

Ils se séparèrent et Ashley regagna rapidement leur chambre pour prendre une douche et changer de vêtements.

Quand elle sortit de la salle de bains, elle portait le pantalon écossais bleu marine et vert ainsi que la blouse de soie bleu marine achetés juste avant d'entrer à l'hôpital. L'ensemble était confortable et seyait à sa silhouette de femme enceinte.

— Vous êtes très séduisante, madame McKnight, déclara Cord quelques instants plus tard.

Ashley se sentit fondre sous le feu de son regard admiratif et plein de désir.

— Merci, répondit-elle, la gorge nouée. Toi aussi.

Il était entré dans la chambre pendant qu'elle était sous la douche et s'était changé, lui aussi. Il portait à présent un costume vert sombre.

— C'est mon costume préféré, Cord.

— C'est également le mien, parce que c'est toi qui l'as choisi pour moi.

Ils n'avaient oublié ni l'un ni l'autre ce fameux matin où elle avait sorti du placard le costume acheté avec ses propres économies.

S'il était riche et pouvait s'offrir ce qu'il voulait, ce cadeau avait une signification particulière pour elle. Et il avait été si heureux de la surprise qu'elle lui avait réservée qu'il s'était octroyé une journée de congé — qui fut presque entièrement consacrée à faire l'amour.

— Nous sommes bien assortis..., bredouilla-t-elle, occupée à chasser de son esprit ces souvenirs trop enivrants pour un pareil instant.

— C'est vrai, et ce pour tout ce qui est important, conclut-il d'une voix qui trahissait également son émotion. Es-tu prête ?

— Oui.

Quand ils eurent quitté l'hôpital et emprunté la sortie du parking, Ashley se tourna vers lui.

— Qu'a dit le Dr Drake au sujet de notre sortie ?

— Il a compris qu'il s'agissait d'une urgence. Tant que tu restes auprès de moi, il ne voit pas d'inconvénient à ce que nous quittions l'enceinte de l'hôpital. Je suis sûr que notre cher psychologue lui a fait un compte rendu de nos séances et que, secrètement, ils sont tous deux enchantés de nous voir réconciliés, au point que le sévère Dr Drake est prêt à faire quelques entorses au règlement.

Le visage de la jeune femme s'éclaira d'un sourire.

— Tu as sans doute raison. Car jusqu'ici, je n'ai vu aucun des autres couples bénéficier de mesures de faveur. Au fait, est-ce que ces quatre jours sans cigarettes ont été durs pour toi ?

— Oui, avoua-t-il. Mais pas comme tu le crois. Depuis que je t'ai vue, lundi, je ne désire plus qu'une seule chose.

Elle baissa la tête, aux prises avec un désir de lui si fort qu'elle fut incapable d'articuler un mot.

— Dormir avec toi est ce qui me manque le plus, murmura-t-il.

Sa voix grave, vibrante d'émotion, résonna jusqu'au plus profond d'elle-même.

— Je me souviens, murmura-t-elle d'une voix qui ressemblait à une plainte. Je... C'est très dur pour moi aussi.

Il posa une main sur sa taille.

— Quand je pense à ma belle épouse seule et enceinte pendant tout ce temps... Toutes ces nuits d'amour perdues à jamais...

D'une main tremblante, elle recouvrit la sienne.

— Ne regardons pas en arrière. Plus de regrets.

— Si nous n'avions pas cette affaire à régler, je te conduirais directement jusqu'à notre chalet.

— Ce serait merveilleux.

— Ashley..., commença-t-il plus bas. Art Williams m'a téléphoné le mois dernier. On lui a proposé de prendre la direction du parc de Yellowstone et il voulait m'en informer avant que cela devienne officiel. La liste des candidats à sa succession est longue, mais il m'a déjà recommandé pour le remplacer au poste de directeur du parc national de Grand Teton.

— Cord !

— Je me disais que cette nouvelle te ferait sans doute plaisir. C'est tout ce que j'ai toujours désiré, ajouta-t-il.

Mais comme nous étions séparés, je n'envisageais pas d'aller vivre là-bas sans toi.

— Oh, Cord... je... je ne savais pas.

— Son chalet est plus grand que celui dans lequel nous habitions. Nous aurions toute la place nécessaire pour y élever notre fils.

— Vas-y ! Appelle Art et dis-lui que tu veux la place.

— Je le ferai dès que nous aurons parlé à Dan. Il mérite d'être le directeur général de la société. Je vais lui annoncer que tout le conseil d'administration sera derrière lui si je démissionne, cela devrait l'aider à se confier.

Il se tut un instant avant d'ajouter d'un air féroce :

— Je suis sûr que Sheila est au courant de ses ennuis !

Ashley n'en doutait pas non plus, mais elle appréciait que Cord exprime ses soupçons à l'égard de sa belle-mère.

— Ne peut-elle, grâce aux actions cédées par ton père, faire obstacle à une telle décision ?

— Non ! répondit-il d'un ton catégorique. Car j'ai hérité des parts de ma mère, auxquelles mon père ne pouvait toucher. Si je vote dans le même sens que les autres actionnaires, Sheila se trouvera éjectée du conseil, même si elle continue à percevoir des dividendes. Quand elle découvrira, par ailleurs, que nous avons l'intention de retourner vivre en montagne, on peut espérer qu'elle choisira de quitter le pays plutôt que de se retrouver seule ici.

— Je ne pense pas qu'elle renoncera à la maison, murmura Ashley.

— Peut-être pas. Mais après la naissance de notre enfant, nous n'y remettrons plus les pieds, donc cela n'a pas d'importance. Ma vie est auprès de toi et de notre fils.

— Mais c'était ta maison, Cord !

— Tu as raison, « c'était », ma maison. Le jour où mon père en a ouvert la porte à Sheila, ma vie a changé à tout jamais. Elle peut en faire ce qu'elle veut une fois que nous l'aurons quittée. Toi et moi allons créer nos propres souvenirs ailleurs.

Cette conversation les occupa jusque chez Dan, dans le nord de la ville, sans qu'Ashley ait vu le temps passer.

Cord coupa le moteur. Quelques lumières étaient encore allumées au rez-de-chaussée.

— Les deux voitures sont dans le garage, Cord, observa Ashley. C'est bon si...

Sans lui laisser le temps de finir, il se pencha vers elle et s'empara de ses lèvres pour un long, merveilleux baiser.

— Te savoir à mes côtés change tout pour moi, Ashley. Allons-y !

Comme ils se dirigeaient vers le porche d'entrée, Ashley songea que Cord n'avait plus rien de commun avec l'homme à l'air souffrant et abattu qu'elle avait croisé dans le couloir, quatre jours plus tôt.

Celui, séduisant et athlétique, qui l'escortait vers l'escalier marchait avec une détermination nouvelle. Leur réconciliation alliée à sa future paternité lui donnaient une nouvelle raison de vivre. Cette allégresse était contagieuse et déteignait sur elle, la poussant à croire que le cauchemar qu'ils avaient traversé était presque derrière eux.

Presque...

S'ils découvraient que la belle-mère de Cord avait un lien avec la démission de Dan, alors Ashley se sentirait d'autant plus autorisée à la démasquer. Avec un peu de chance, Cord parviendrait à convaincre Dan de rester dans la société et cette période noire connaîtrait enfin une conclusion heureuse.

— Cord ? Ashley ? s'exclama la femme de Dan, stupéfaite, en les découvrant tous les deux sur le seuil de sa porte. Mais je croyais que...

— Nous savons ce que vous croyiez, Emilie, intervint Cord, achevant la phrase pour elle. Mais Ashley et moi sommes de nouveau ensemble. Et comme vous pouvez le voir, nous attendons un enfant.

Les yeux d'Emilie s'agrandirent.

— Mais...

— C'est une longue histoire, Emilie. Mais ce soir, nous sommes là pour autre chose. Nous sommes venus en amis pour vous parler, à vous et à Dan. Acceptez-vous de nous laisser entrer ?

— Mais oui, bien sûr. Dan est dans sa chambre. J'arriverai peut-être à le convaincre de descen...

— Qui est là, Emy ? cria Dan.

— Cord et Ashley.

Un long silence accueillit cette réponse.

— Un instant, je descends, dit-il enfin.

Emilie poussa un soupir de soulagement et les conduisit dans le salon. Cord accompagna Ashley jusqu'au canapé en velours et l'y fit asseoir à côté de lui. Au même instant, Dan apparut, vêtu d'un pantalon décontracté et d'une chemise écossaise.

Ashley ne l'avait jamais vu autrement qu'engoncé dans un costume strict dont l'austérité était encore accrue par une cravate sombre. Curieusement, le côté chaleureux et affable qu'elle affectionnait tant chez lui avait disparu. Il affichait une réserve et une froideur tout à fait inhabituelles.

Il contempla Ashley d'un air surpris.

— Que se passe-t-il ici ?

Cord sourit et serra Ashley contre lui.

— Ma femme et moi sommes de nouveau ensemble, et nous attendons un enfant pour dans trois semaines environ.

Dan pâlit.

— Est-ce votre enfant, Cord ?

Ashley tressaillit.

— Bien sûr ! De qui voulez-vous qu'il soit ?

— Désolé, marmonna Dan. Ne soyez pas fâchée, Ashley. Tout le monde sait que...

— Pour votre information, sachez que ce bébé a été conçu juste avant notre séparation. Le médecin dit même que nous défions les lois de la médecine, lança Ashley.

— C'est merveilleux ! s'écria Emilie, visiblement enchantée par cette nouvelle.

Son enthousiasme réconforta Ashley, malgré l'air contrarié de Cord, qui se leva.

— Nous espérions que vous seriez heureux pour nous, Dan, mais la raison de notre visite est tout autre.

Campé sur ses jambes légèrement écartées, il ajouta :

— Nous nous connaissons depuis trop longtemps pour que notre amitié finisse ainsi. Comment se fait-il que ce soit Sheila qui m'ait annoncé votre démission ? S'il y avait un problème sérieux, pourquoi ne pas vous en être ouvert à moi avant mon entrée à l'hôpital ?

Ashley nota que Dan était incapable de soutenir le regard de Cord.

— Je pensais que ce serait mieux ainsi.

— Pas pour la société, en tout cas, répliqua Cord en hochant la tête. En réalité, d'ici peu, le conseil d'administration va vous nommer directeur général.

Dan le regarda d'un air ébahi.

— Sheila ne laissera jamais faire cela !

Cord fronça les sourcils.

— Apparemment, vous savez quelque chose que j'ignore.

Ashley sentit que Dan était au supplice.

— Cord..., commença-t-il, puis il hésita et se tut mais dans ce seul mot s'exprimaient toute son angoisse et sa souffrance.

— Vous n'êtes pas obligé de me confier des choses que vous préférez taire. Cela peut attendre. Mais je tiens à ce que vous sachiez ceci : bientôt Sheila ne fera plus partie du conseil.

Dan grimaça.

— Pour cela, il faudrait que vous votiez contre elle.

— C'est exact.

Ce fut au tour de Dan de se lever.

— Mais je ne comprends pas. Je croyais...

Il se tut une nouvelle fois et se gratta la tête avant de reprendre :

— Votre père...

— Je ne veux pas parler de mon père, coupa Cord avec amertume. Vous connaissez le dicton. On ne choisit pas ses parents. Sheila n'a jamais été un bon apport pour la société.

A ce point de la conversation, Ashley se leva, elle aussi, et glissa son bras sous celui de Cord.

— Elle a fait souffrir beaucoup de gens par le passé, y

compris la mère de Cord. Elle essaie encore de s'immiscer entre Cord et moi. Mais cette fois nous n'avons pas l'intention de la laisser faire.

Pour la récompenser de son soutien, Cord lui donna un baiser sur la tempe.

— Il est temps de resserrer les rangs contre Sheila, Dan. Cela va demander un peu de doigté et de stratégie, mais nous y arriverons. Je vous suggère de rester à distance du bureau jusqu'à la fin de la semaine. Et lundi, nous irons tous les deux travailler, comme d'habitude. Si elle vous interroge sur votre présence, dites-lui la vérité. Expliquez que vous avez changé d'avis. Elle n'a pas besoin d'en savoir plus. Réfléchissez à tout cela et téléphonez-moi avant la fin du week-end. A présent, ma femme ne tient plus sur ses jambes et nous allons rentrer.

Cord ne mentait pas. Depuis la visite de Sheila, les nerfs d'Ashley avaient été durement éprouvés et elle était épuisée.

Dan et Emilie les raccompagnèrent jusqu'à la porte.

— Je vous appellerai, promit Dan.

— Merci d'être venus ce soir, ajouta Emilie. Quant à vous, Ashley, Cord a raison. Reposez-vous.

— Je prendrai soin d'elle.

Ces mots prononcés par Cord rappelèrent à Ashley combien il était merveilleux de l'avoir de nouveau à ses côtés. Elle voulait exprimer tout ce qu'elle ressentait, mais cette journée avait été trop éprouvante. Incapable de garder les yeux ouverts, elle s'endormit sur le chemin du retour.

8.

— Hmm, murmura Ashley d'une voix ensommeillée. Quelle heure est-il ?

— 8 heures moins dix.

— Tu plaisantes ! C'est impossible...

Elle se redressa d'un coup, oubliant une fois encore son gros ventre. Brutalement sollicités, ses muscles lui arrachèrent un gémissement étouffé.

D'un bond, Cord fut à son côté.

— Que se passe-t-il ? demanda-t-il en caressant sa joue encore chaude de sommeil.

Elle le regarda, étonnée de son anxiété.

— Mais... rien, répondit-elle en contemplant, troublée, son peignoir largement ouvert sur son torse viril. Je me suis assise trop vite, voilà tout.

Il se détendit, mais ne put se résoudre à la lâcher.

— Tu me dis la vérité ? insista-t-il en la prenant par les épaules.

Dans la pénombre de la chambre, elle discernait mal ses yeux, mais elle sentit pourtant son regard errer sur elle. La couverture avait glissé, découvrant son ventre arrondi.

Un instant plus tard, sa bouche était prisonnière des lèvres de Cord.

Rejetée contre les oreillers par l'ardeur de ce baiser, elle laissa échapper un petit cri avant d'y répondre avec toute la fougue de son amour. Comme animées d'une volonté propre, ses mains se glissèrent à l'intérieur du peignoir, remontèrent le long de sa poitrine avant de se refermer avec impatience autour de son cou. Leurs bouches, insatiables, se firent plus exigeantes. Ashley aurait voulu que cet instant ne finisse jamais.

Sans qu'elle puisse expliquer comment, Cord se retrouva allongé auprès d'elle sur le lit d'hôpital. Ses doigts jouaient avec une boucle de cheveux tandis qu'il noyait son visage et son cou sous une pluie de baisers.

— Chérie, murmura-t-il contre ses lèvres. Hier soir, tu t'es endormie contre moi et à présent, je te désire avec une force qui me consume intérieurement. Tu me désires, toi aussi. Je le sens à ton corps qui tremble chaque fois que je te touche...

— Bonjour, vous deux !

— Vince !

Cramoisie, Ashley remonta le drap au-dessus de sa tête.

— Désolé de vous déranger. Il semblerait que vous ayez oublié le petit déjeuner. Je reviens dans cinq minutes, d'accord ?

— S'il le faut, marmonna Cord en se levant. Mais permettez-moi de vous dire que je trouve vos horaires tout à fait discutables !

Ashley entendit Vince s'esclaffer, et quitter la pièce.

— Pendant que vous vous rendez présentable, madame McKnight, commença Cord quand ils furent de nouveau seuls, je m'habille en vitesse et je file nous chercher quelque chose à manger.

Sans lui laisser la possibilité de répondre, Cord se pencha vers elle et lui arracha un dernier baiser avant de l'aider à se lever.

— Oh, Seigneur ! marmonna-t-elle, honteuse, en titubant jusqu'à la salle de bains.

Généreux, Vince leur accorda une bonne demi-heure de répit. Quand il revint dans la chambre, ils avaient eu le temps de déjeuner et Ashley avait revêtu une tenue décente.

Dès qu'ils furent tous trois installés, Vince les observa tour à tour avec attention.

— Et dire que lundi encore, les deux êtres que j'ai en face de moi ne pouvaient s'adresser la parole, emmurés dans leur souffrance. Aujourd'hui, non seulement vous êtes encore là tous les deux, mais de plus il faut prendre rendez-vous avec vous pour ne pas tomber au milieu d'une session intime !

Ashley rougit légèrement tandis que Cord esquissait un sourire.

— J'ai l'impression que votre séjour à l'hôpital a été des plus bénéfiques pour votre mariage.

Cord s'empara de la main d'Ashley et la serra dans la sienne.

— C'est certain, Vince.

— Merci de nous avoir soutenus, ajouta Ashley.

— Vous m'en voyez ravi. Naturellement, j'espère qu'ayant résolu certains problèmes cruciaux, vous allez perdre toute envie de fumer.

— Pour être honnête, Vince, depuis que nous sommes ici, je n'y ai même pas songé.

— C'est bien. Mais n'oubliez pas qu'ici vous êtes en lieu sûr. Une fois dehors, vous serez plus vulnérable.

Le regard bleu profond de Cord plongea dans les yeux d'Ashley et s'y attarda.

— Nous en sommes tous les deux conscients.

En effet ! Il nous faut encore affronter Sheila.

— Parfait. A présent, j'ai quelques informations à vous communiquer. L'hôpital a prévu une sortie surprise pour le week-end. Nous descendons jusqu'à Bryce Canyon. La nouvelle a été annoncée au petit déjeuner mais vous étiez absents.

Ashley écarquilla les yeux.

— Les minibus partiront dans une demi-heure, poursuivit Vince. Il est indispensable que Cord vienne avec nous car nous avons prévu là-bas plusieurs séances de thérapie de groupe qui sont essentielles dans le déroulement de notre programme. Mais pour vous, Ashley, ce long trajet en car est vivement déconseillé, et vous devrez rester ici pendant que j'accompagne Cord là-bas. Sachez que vous pouvez rester à l'hôpital jusqu'à notre retour, dimanche après-midi. Mais si vous le souhaitez, vous êtes libre de rentrer chez vous. C'est à vous de choisir.

— Elle reste ici, déclara Cord avec autorité.

— Bien, dit Vince en se levant. Je ne vous dérange pas plus longtemps. Vous avez des bagages à faire. Cord, retrouvez-moi dans vingt minutes en bas, d'accord ?

Pourquoi Ashley était-elle si bouleversée à l'idée que son mari la laisse seule pendant deux jours ? Elle n'aurait su l'expliquer. Après tout, il était venu à l'hôpital pour profiter de la thérapie que celui-ci proposait. Mais Cord et elle venaient tout juste de se retrouver et l'idée d'une nouvelle séparation, même courte, l'angoissait...

— Je suis aussi malheureux que toi, murmura Cord, surgissant derrière elle pour l'enlacer tendrement. Seigneur ! Te quitter est la dernière chose dont j'aie envie en ce moment. J'ignorais qu'un voyage était prévu au programme.

— Moi aussi. Mais cela te fera du bien. Quant à moi, j'irai faire quelques achats pour le bébé et je finirai enfin mon nid d'ange.

— Ne sors pas, Ashley. Nous pourrons faire des courses la semaine prochaine. Reste ici, où je te sais en sécurité. Je ne veux pas que tu prennes le moindre risque. Promets-le-moi, je t'en prie.

Une vive inquiétude perçait dans sa voix. Ashley savait qu'il se faisait du souci pour elle à cause de son état. Et à cause de Sheila.

Elle ferma les yeux.

— Je te le promets.

Les quelques minutes suivantes se déroulèrent comme dans un rêve. Cord prit une douche et s'habilla rapidement puis, l'esprit ailleurs, elle l'aida à préparer les affaires dont il aurait besoin pendant ces deux jours. Mais le silence qui régnait dans la chambre témoignait de la tension créée par l'imminence de cette nouvelle séparation.

Une fois la valise prête, Cord contempla avec tristesse le visage fermé de la jeune femme.

— Je ne peux pas, Ashley, déclara-t-il en secouant la tête. Je ne peux pas te quitter.

Elle comprit alors que la décision reposait sur elle, et murmura :

— Tu dois y aller !

Puis, saisie d'une inspiration subite, elle ajouta :

— Serais-tu rassuré si j'allais attendre ton retour à l'orphelinat ? Sœur Bernice veillera sur moi.

De plus, songea Ashley, se trouver auprès de la sage religieuse était exactement ce dont elle avait besoin en cet instant.

Il ne répondit pas immédiatement, mais une lueur nouvelle au fond de ses yeux apporta à la jeune femme la réponse qu'elle attendait : il tenait à ce qu'elle soit en sécurité, hors de portée de toute nuisance. Hors de la portée de Sheila...

— D'accord.

Ashley sourit.

— M'occuper des bébés a toujours été une joie pour moi. De plus, cela ne me fera pas de mal de réviser un peu mes connaissances en la matière.

— Tu ferais cela pour moi ? insista-t-il, visiblement soulagé.

— Je crois que ma présence ici cette semaine devrait te prouver que je suis prête à faire n'importe quoi pour sauver notre mariage.

Il la serra avec émotion contre lui.

— Moi aussi, Ashley. N'importe quoi.

Il pencha lentement la tête et s'empara de ses lèvres avec passion.

— Je t'aime, mon amour, murmura-t-il.

— Je t'aime aussi, Cord...

Après lui avoir volé un dernier baiser, il l'aida à rassembler quelques affaires. En passant devant le bureau des infirmières, il informa la responsable de leurs projets. Il échangea ensuite quelques mots avec Vince, qui lui annonça que les minibus étaient garés devant l'entrée ouest de l'hôpital, puis ils quittèrent ensemble l'étage.

*
**

Après avoir aidé Ashley à s'installer au volant de sa voiture, Cord la regarda faire une marche arrière.

— Je serai de retour dimanche après-midi...

Elle pencha la tête par la fenêtre pour un ultime baiser.

— Sois prudent, toi aussi, ordonna-t-elle, les yeux embués de larmes. Je... S'il t'arrivait quelque chose, je ne le supporterais pas.

Quand elle atteignit l'orphelinat, vingt minutes plus tard, elle trouva l'établissement au bord de la crise. Plusieurs religieuses, victimes d'une mauvaise grippe, étaient alitées. Visiblement, une paire de bras supplémentaires ne serait pas superflue.

Sœur Bernice se déclara enchantée de la voir et lui assura qu'elle était la bienvenue mais s'opposa fermement à la proposition d'Ashley de participer. A ce stade avancé de sa grossesse, rappela-t-elle à la jeune femme, elle devait avant tout prendre soin d'elle-même.

Ashley admit que de nombreuses tâches lui étaient désormais interdites. Mais elle connaissait parfaitement la routine de l'orphelinat et, après avoir déposé ses bagages dans l'une des chambres réservées aux nouveaux arrivants, elle se rendit directement à la pouponnière. Sœur Bernice ne pourrait tout de même pas lui reprocher d'avoir administré un ou deux biberons...

Même si la pensée de Cord ne la quittait pas, la compagnie des bébés lui fit perdre toute notion du temps et les heures défilèrent sans qu'elle les voit passer. Quand elle se mit au lit, ce soir-là, elle s'endormit à l'instant même où sa tête toucha l'oreiller.

Elle dormit tard le samedi matin, mais dans l'après-midi, elle retourna à la pouponnière. Elle s'y trouvait depuis peu quand sœur Bernice la fit venir dans son bureau.

— Un appel pour toi, annonça la supérieure avec un regard malicieux.

Ashley la remercia et prit le récepteur d'une main tremblante tandis que la religieuse quittait la pièce pour lui permettre de téléphoner en toute tranquillité.

— Cord ?

— Chérie ?

Ashley se laissa tomber lourdement dans le fauteuil.

— Je... je suis si heureuse de t'entendre.

— Et moi donc ! répondit Cord d'une voix vibrante. Impossible de trouver un téléphone plus tôt ! Sœur Bernice m'a dit que tu étais un ange descendu du ciel, mais cela, je le savais déjà.

Trop émue pour parler distinctement, elle murmura, confuse :

— J'adore m'occuper des bébés. Comment vas-tu ?

— Très bien. J'apprends beaucoup, ici. Le contact étroit avec la nature me rend d'autant plus impatient de commencer ma nouvelle vie. J'ai des tas de projets, Ashley. J'ai hâte de t'en parler à mon retour, demain.

La main de la jeune femme se crispa sur le récepteur.

— Vers quelle heure, le sais-tu ?

— Vers 17 heures. Vince a eu pitié de moi et m'a dispensé de la dernière réunion, à l'hôpital. Je viendrai directement te chercher. Ashley...

Il commença une phrase, puis elle entendit des voix, derrière lui.

— Chérie ? Il faut que je te laisse. Quelqu'un a besoin de téléphoner.

Effondrée à l'idée de devoir raccrocher si brusquement, Ashley lutta pour garder contenance mais sa voix se brisa quand elle dit :

— Je comprends. Bonne nuit, mon amour...

Sœur Bernice croisa Ashley au moment où elle sortait de son bureau.

— Tout va bien ?

La jeune femme acquiesça.

— Tant mieux, approuva la religieuse avec un sourire. Mais je sens que les prochaines heures vont être difficiles à vivre.

Ashley rougit.

— Je suis transparente, je sais.

— C'est merveilleux de te voir heureuse, mon enfant. Et quels que soient les problèmes que vous devrez affronter, plus tard, n'oublie jamais ce que tu éprouves ce soir. Cela t'aidera à les surmonter.

— Je suivrai vos conseils.

— A présent, parlons un peu de demain. Je dois recevoir, le matin, une femme enceinte qui envisage d'abandonner son bébé.

C'était un sujet qu'Ashley connaissait, hélas, fort bien! Sa propre mère, incapable de lui offrir une existence décente, avait sans doute fait le bon choix en la confiant à l'orphelinat.

— Malheureusement, elle doit venir à l'heure où je m'occupe du catéchisme.

— Je serais heureuse de le faire à votre place, suggéra Ashley avant même que sœur Bernice le lui ait demandé.

L'heure du catéchisme était un moment privilégié pour les enfants comme pour l'équipe qui les encadrait, et c'était une occupation sans risque pour sa grossesse.

— Merci. Mais je crains que tu ne sois obligée d'assumer la classe seule car sœur Clarisse est malade et ne pourra pas t'accompagner au piano pour le chant.

— Ce n'est pas grave. Nous nous débrouillerons.

Avant de se coucher, Ashley alla préparer la salle dans laquelle elle avait elle-même suivi des centaines de cours d'instruction religieuse. Après avoir élaboré un programme pour sa classe, elle alla se coucher, épuisée mais ravie à l'idée que le lendemain, Cord serait de retour.

⁂

Quand elle se réveilla, le dimanche matin, un beau soleil brillait dans le ciel. La journée commençait sous les meilleurs auspices. Et Ashley l'attaqua avec le cœur léger.

Sitôt le dernier chant achevé et la prière récitée, les enfants furent autorisés, comme tous les dimanches, à quitter la salle de classe pour sortir jouer jusqu'à l'heure du repas.

Heureuse que tout se soit bien passé, Ashley rangea les images et les partitions dans le placard puis se dirigea vers la cuisine pour grignoter quelque chose.

Au même instant, une silhouette élégante et familière émergea du bureau de sœur Bernice.

Ashley s'immobilisa, pétrifiée.

Sheila!

Elles étaient seules, face à face. Sans doute, supposa Ashley, était-elle allée à l'hôpital, ou avait téléphoné là-bas. Découvrant que Cord ne s'y trouvait plus, elle avait probablement extorqué à la responsable d'étage l'adresse du lieu où elle-même se trouvait.

Il ne fallait surtout pas sous-estimer les capacités de nuire de cette femme. Attention à qui se trouvait sur son passage quand elle désirait quelque chose! Ou quelqu'un...

Cord aurait été furieux, mais Ashley ne l'était pas moins.

Sans s'embarrasser de formules de courtoisie, elle demanda d'un ton sec :

— Que faites-vous ici, Sheila? Qu'y a-t-il donc de si important qui ne puisse attendre notre retour, ce soir?

Sa rivale lui jeta un regard moqueur.

— Vous avez une idée très exagérée de votre propre importance, Ashley. Il se trouve que ce n'est pas vous que je suis venue voir. D'ailleurs, je n'avais pas la moindre idée de votre présence ici. Mais j'aurais dû m'en douter. Après tout, c'est d'ici que vous sortez.

— En effet. Et j'ai, moi, le droit de m'y trouver.

— Entendez-vous par là que ce n'est pas le cas pour moi? Cet orphelinat est un établissement public, que je sache, et chacun y est le bienvenu.

— C'est juste, Sheila. Même vous..., rétorqua Ashley, incapable de résister au plaisir de lui retourner sa perfidie.

Le regard de Sheila s'assombrit légèrement.

— Et dire que Cord vous prend pour la douceur incarnée ! J'ai du mal à comprendre que cet homme pourtant si intelligent se soit fait autant de souci à votre sujet après que vous l'avez eu quitté. Le pauvre garçon a failli devenir fou d'inquiétude. Il était convaincu que vous n'aviez pas d'endroit où aller, personne pour s'occuper de vous.

Cette déclaration eut un effet contraire à celui espéré.

— Cord a toujours été généreux et attentionné, dit Ashley, et il le sera toujours.

— Néanmoins, reprit Sheila, la bouche légèrement crispée, je lui ai conseillé de ne pas se faire trop de souci pour vous et je lui ai rappelé que Greg vous était très attaché. Lui, sans aucun doute, veillerait à ce que vous ne finissiez pas abandonnée de tous, comme lorsque vous étiez enfant.

Ashley comprit parfaitement où Sheila voulait en venir.

— Comme nous vous l'avons déjà expliqué, Greg n'est pas le père de mon fils, Sheila. Mais peu importe. Sachez que, quel que soit le motif de votre visite, il vous faudra attendre ce soir car j'ai du travail.

Elle posa la main sur la rampe et commença à grimper les marches sous le regard impitoyable de Sheila.

— Vous avez les jambes bien enflées. Cela fait-il mal ?

Encore une méchanceté destinée à la blesser, mais Ashley ne se laissa pas démonter.

— Jambes enflées, vergetures, excès de poids... toutes ces petites misères ne comptent guère si c'est le prix à payer pour donner naissance à un enfant. Surtout quand il s'agit d'un enfant miracle.

Sheila semblait déconcertée par cette nouvelle Ashley, qui lui tenait tête au lieu de fuir.

— Miracle ? répéta-t-elle d'un ton moqueur.

— Humm..., répondit Ashley, impassible. Toute naissance est un miracle, non ?

— Est-ce ce que les religieuses vous ont enseigné ?

— Bien sûr. Mais j'en ai fait la découverte par moi-même l'autre jour, quand Cord et moi avons vu, pendant l'échographie, notre bébé bouger.

Sheila posa sur Ashley un regard vaguement spéculatif.

— Vous semblez sur le point d'accoucher. Je suis étonnée qu'ils ne vous aient pas gardée, à l'hôpital.

— Désolée de vous décevoir, Sheila, mais avant que cela n'arrive, je vais vivre avec Cord, à la maison, pendant plusieurs semaines. Bien entendu, pour la suite, nous avons d'autres projets.

Une fois encore, Sheila ne trouva rien à dire, et Ashley alla droit au fait.

— J'ignore ce que vous espériez obtenir en venant ici. Vous avez tout fait pour vous immiscer entre Cord et moi, mais vous n'y êtes pas parvenue. Il n'y aura pas de divorce.

Une lueur narquoise brilla dans les yeux de Sheila.

— Ma pauvre Ashley, vous êtes d'une incroyable naïveté ! J'ai peine à croire que la ruse employée pour vous attirer à l'hôpital ait pu marcher !

— Ce n'était pas une ruse, Sheila.

— Voyons, Ashley ! Nous savons toutes les deux que Cord n'a aucun problème de tabagisme. Il n'en a jamais eu. En fait, il a horreur du tabac. Pendant des années, il m'a suppliée d'arrêter de fumer. Honnêtement, l'avez-vous déjà surpris en train d'allumer une cigarette ? Même une seule fois ? C'est Greg qui a eu cette idée lumineuse, il y a quelques semaines.

Alarmée, Ashley sentit les battements de son cœur s'affoler.

— Que voulez-vous dire ?

— Cord était très ennuyé parce que vous refusiez toute aide financière. Il s'était mis en tête que vous ne pouviez exister sans lui parce que vous n'aviez pas de famille, pas d'endroit où aller. Quand Greg a compris que Cord ne renoncerait pas tant qu'il ne vous aurait pas retrouvée, il lui a avoué qu'il savait où vous vous cachiez, et que vous lui aviez fait jurer de ne rien révéler. Il a dit à Cord que vous ne vouliez plus jamais le revoir.

Ashley luttait désespérément contre la tentation de croire ce que lui racontait Sheila, mais à chaque mot elle sentait son sang se glacer dans ses veines.

— Cord a répondu qu'il refusait de croire une chose pareille et a déclaré qu'il voulait constater lui-même que tout allait bien.

Elle esquissa un gracieux haussement d'épaules.

— A ce point, Greg s'est cru obligé d'intervenir et a suggéré l'idée de l'hôpital, ajoutant qu'il tâcherait de vous convaincre de coopérer. Mais ce qui m'étonne, c'est que vous ayez cru à cette histoire de cigarettes. A moins que vous n'y ayez jamais cru ? A la réflexion, j'ai tout lieu de croire que vous étiez bien contente d'être secourue si près de l'accouchement, car votre fierté vous empêchait de ramper aux pieds de Cord, surtout après l'humiliation que vous lui aviez infligée en l'abandonnant !

Ashley sentit le sol se dérober sous ses pieds.

— L'hôpital vous procurait une excuse idéale pour vous cramponner à lui et sauver la face. Quant à Cord, il est soulagé de savoir que vous ne gisez pas dans la fange où, apparemment, vous êtes née. Maintenant, tout va bien puisque Cord assume la paternité de l'enfant !

— Que voulez-vous dire par « tout va bien », demanda Ashley.

A la grande surprise de cette dernière, les yeux de Sheila se remplirent de larmes.

— Voyez-vous, moi aussi, je suis enceinte...

Cette nouvelle laissa Ashley sans voix.

— Je fréquente un homme, de façon occasionnelle, expliqua Sheila. Mais nous avons toujours pris nos précautions parce que nous n'avions pas le moindre désir de nous marier, et encore moins d'avoir des enfants. Naturellement, l'annonce de ma grossesse a été un choc. Bien entendu, je ne souhaite pas garder cet enfant. Je dois donc agir au plus vite et c'est la vraie raison de ma visite à l'hôpital l'autre soir. Je voulais discuter avec Cord du meilleur moyen de mettre fin à cette grossesse, mais quand il m'a annoncé que vous portiez son enfant, j'ai compris que je pouvais moi aussi être enceinte de lui. En fait, il y a de grandes chances pour que ce bébé soit celui de Cord...

Atterrée, Ahley ne la quittait pas des yeux.

— Si c'est bien le cas, poursuivit-elle, je compte aller jusqu'au bout de ma grossesse. Vous n'imaginez pas à quel point le père de Cord et moi-même avons rêvé d'avoir des enfants. Je voulais lui donner un fils, mais il est mort trop tôt. Qui aurait cru que je parviendrais un jour à exaucer son vœu à travers Cord lui-même ?

Ashley avait conscience que son corps se trouvait toujours là, mais semblait avoir perdu les commandes pour le faire fonctionner.

— Puisque vous êtes dans la confidence, puis-je vous demander une faveur ?

Elle ouvrit son sac à main et en sortit une carte de visite.

— Pouvez-vous lui remettre ceci ? demanda-t-elle en lui tendant la carte. C'est la date de mon prochain rendez-vous avec mon obstétricien. Si Cord souhaite vérifier que je suis bien enceinte de deux mois, il n'a qu'à appeler ce numéro.

Sur le point de défaillir, Ashley murmura :

— Je... je suis sûre que Cord exigera que des tests soient effectués pour certifier la paternité.

— Oh... cela sera fait dès la naissance de l'enfant ! Si Cord n'est pas son père, alors je le ferai adopter. C'est pour cela que j'avais pris rendez-vous avec sœur Bernice. Je sais, de votre propre aveu, qu'elle s'occupe à merveille des orphelins.

— Sortez ! cria Ashley, à bout de nerfs.

D'un pas tranquille, Sheila se dirigea vers la porte d'entrée.

— Je vois que vous ne me croyez pas. Mais il y a un moyen de découvrir la vérité. Appelez Greg, puisque vous lui faites confiance. Il vous confirmera tout ce que je viens de vous dire.

9.

— Ashley ? s'exclama Greg, quelques instants plus tard. D'où m'appelles-tu ? De l'hôpital ?

— Non, de Sainte-Anne.

— Que fais-tu là-bas ? demanda-t-il d'un ton inquiet.

— J'attends que Cord vienne me chercher. Il était à Bryce Canyon avec le groupe de l'hôpital mais va bientôt rentrer.

La gorge sèche, elle ajouta d'une voix tremblante :

— Greg... je voudrais te poser une question. C'est une question de... de vie ou de mort pour moi.

— Que s'est-il passé ? demanda-t-il, alarmé.

— Dis-moi la vérité, Greg !

— Pose ta question.

Elle prit une profonde inspiration.

— Cord a-t-il oui ou non un problème de tabagisme ?

— Pourquoi une question pareille ? demanda Greg avec colère.

La jeune femme sentit son cœur se serrer douloureusement.

— Réponds-moi. Oui ou non ?

— Pourquoi ai-je le désagréable pressentiment que Sheila n'est pas étrangère à tout cela ?

Elle se laissa choir sur le siège le plus proche.

— Oui ou non, Greg ? C'est tout ce que je te demande.

— Il m'a dit qu'il avait fumé au lycée. Apparemment, il a recommencé après votre séparation. Alors je lui ai parlé du programme de City Creek. Il s'y est accroché comme un naufragé à une bouée de sauvetage.

— A-t-il déjà fumé devant toi ?

— Je sais qu'il en a eu le désir, mais comme je ne fume pas, il s'est abstenu.

Elle avait peine à respirer.

— Alors il est possible qu'il n'ait jamais eu de problème et que l'hôpital n'ait été qu'une ruse pour nous réunir tous les deux, n'est-ce pas ?

— Si tu préfères croire Sheila plutôt qu'un mari qui t'adore, dit-il après un long silence, alors je ne vois aucun espoir de réconciliation.

Elle ferma les yeux. Toute la question était là : qui devait-elle croire ? Si Sheila disait la vérité sur la question du tabac, alors il était possible qu'elle ne mente pas non plus au sujet de sa grossesse.

Après s'être éclairci la voix, Ashley conclut :

— Merci de m'avoir répondu, Greg.

— Attends...

Mais elle raccrocha, n'ayant plus la force de parler. Que faire, à présent ? Elle ne pouvait se confier à personne. Personne ne pouvait l'aider.

Abattue, elle courut se réfugier dans sa chambre, et y resta enfermée tout l'après-midi, s'efforçant de terminer son ouvrage de couture en dépit des larmes qui lui brouillaient la vue. Elle n'avait trouvé aucun rempart contre l'angoisse que la rencontre imprévue de Sheila avait ravivée.

Si seulement elle avait pu rester à Sainte-Anne ! La perspective de rentrer avec Cord et de devoir vivre sous le même toit que Sheila l'accablait. A l'idée qu'il lui avait peut-être menti, toutes ses certitudes s'effondraient les unes après les autres.

Si Sheila avait dit vrai, alors comment croire Cord ?

Elle avait l'impression de se retrouver au même point que le lundi précédent : Cord et elle étaient redevenus des ennemis. Avec une différence, cependant : cette fois, elle était déterminée à aller jusqu'au bout !

— Ashley ?

Elle leva la tête et aperçut sœur Bernice dans l'entrebâillement de la porte. La supérieure ignorait qu'elle avait elle-même reçu Sheila, qui s'était sans doute présentée sous un autre nom.

Malgré son désir de savoir ce qui s'était dit dans le bureau, la jeune femme ne put se résoudre à poser la moindre question.

— Ton mari est arrivé. Il t'attend avec impatience en bas, annonça sœur Bernice avec un sourire complice.

Ashley se leva.

— Merci.

Surprise par la froideur de sa réponse, la religieuse l'observa attentivement. Ashley se demandait parfois si cette femme n'était pas une prophétesse car elle devinait tout.

— Ta venue était providentielle, Ashley. Mais j'espère que tu n'en as pas trop fait. Cours le rejoindre, à présent. Ne le fais pas attendre.

— Etes-vous sûre que vous n'avez plus besoin de moi ?

Sœur Bernice lui jeta un regard sévère.

— J'aurais besoin de toi pour des tas de choses, mais pas maintenant, alors que tu es enceinte et que ta place est auprès de ton mari.

— Merci de m'avoir permis de rester.

Craignant de fondre en larmes devant la supérieure, Ashley se hâta de rassembler ses affaires et se dirigea vers le hall. De loin, elle aperçut la silhouette imposante de Cord.

— Chérie ?

Il grimpa en courant une volée de marches pour venir à sa rencontre. L'instant d'après, il l'avait soulevée dans ses bras et l'emportait vers sa voiture, garée au bas du perron.

Sans se soucier des éventuels témoins, il l'embrassa sur la bouche avec l'avidité d'un jeune marié au début de sa lune de miel. Ashley se dit que, dans l'euphorie de leurs retrouvailles, il n'avait pas remarqué son trouble.

Mais il finit par la reposer à terre et l'interrogea des yeux.

— Que se passe-t-il, Ashley ?

Redoutant une nouvelle étreinte, elle s'empressa de déclarer :

— Je t'en prie, ne m'embrasse plus.

Il recula brusquement la tête, comme si elle l'avait giflé.

— Montons dans la voiture, et partons !

— Il y a deux jours, nous avions peur de ne pas pouvoir survivre à cette séparation, et à présent, tu ne veux plus que je te touche ! s'exclama-t-il. Que diable Sheila a-t-elle bien pu faire depuis que nous nous sommes quittés sur le parking de l'hôpital ?

La boule qui lui nouait la gorge empêcha Ashley de répondre. Se méprenant sur son silence, Cord ouvrit la portière d'un geste rageur et la poussa sans ménagement à l'intérieur. Recroquevillée sur elle-même, elle le regarda contourner le véhicule et venir s'installer au volant.

Après quelques instants, il entra sur le parking d'un supermarché et alla garer la Land Rover aussi loin que possible de l'entrée du magasin.

Ils restèrent silencieux quelques minutes. Puis elle l'entendit se tourner sur son siège.

— Et maintenant, explique-moi, Ashley. Je veux que tu me racontes tout depuis le début.

Sans oser le regarder, elle lui tendit la carte qu'elle avait glissée dans la poche de son chemisier.

— Qu'est-ce que c'est que ça ? demanda-t-il en la lui arrachant presque des mains.

— Sheila me l'a donnée à l'orphelinat, ce matin. Elle a dit que si tu appelais son obstétricien à ce numéro, il répondrait à toutes tes questions.

Une autre minute s'écoula dans un silence mortel.

— Je savais que je n'aurais pas dû te laisser seule, dit Cord d'une voix dure. Pendant tout le temps qu'a duré notre séparation, j'ai eu le pressentiment que quelque chose allait arriver. Je parie qu'elle a prétendu que j'étais le père de ce bébé !

— Elle a dit qu'elle n'était pas sûre, précisa Ashley. Je lui ai affirmé que tu insisterais pour que des tests soient effectués pour prouver la paternité, mais cela n'a pas eu l'air de l'inquiéter parce qu'elle tient elle aussi à en connaître le résultat. Selon elle, ton père et elle rêvaient d'avoir un nouvel héritier. Mais l'accident qui l'a tué a mis fin à leurs espoirs.

Peu à peu, le visage de Cord se figea. Ashley voulait se taire, mais une douleur indescriptible la poussait à aller jusqu'au bout.

— Au départ, elle voulait mettre fin à cette grossesse. Mais depuis qu'elle a compris qu'elle pouvait être enceinte de toi, elle a décidé de garder l'enfant. Si ce n'est pas le tien, alors elle l'abandonnera. C'est pour cette raison qu'elle est venue à l'orphelinat aujourd'hui : pour envisager avec sœur Bernice son éventuelle adoption.

— Et tu as cru à tout ce qu'elle te racontait ! s'indigna Cord. Ainsi, il a suffi que je te laisse seule un instant pour que Sheila, en quelques secondes, détruise tout ce que nous avions réussi à construire ensemble à l'hôpital, cette semaine ?

Malgré l'étau qui lui comprimait la poitrine et l'empêchait de respirer, Ashley eut le courage de tourner la tête et de le fixer droit dans les yeux.

— Elle a prétendu que tu avais inventé toute cette histoire autour du tabac, et que tu n'as jamais eu aucun problème avec les cigarettes. Elle m'a suggéré d'appeler Greg si je voulais savoir la vérité, et il a avoué qu'il ne t'avait jamais vu fumer.

Un sentiment d'impuissance s'empara de Cord.

— Ashley...

— Je n'ai qu'une chose à ajouter, poursuivit-elle, ignorant le ton implorant de Cord. Peu m'importe où Sheila et toi irez choisir le mobilier destiné à la chambre de son enfant. Mais rappelle-toi bien que celui qui doit nous être livré demain est pour le bébé que tu as fait avec moi !

Les yeux de Cord étincelèrent sous l'effet de la colère.

— Penses-tu sincèrement que je m'attends que tu vives sous le même toit que Sheila après ce qu'elle vient de dire et de faire ?

Les joues en feu, Ashley détourna la tête.

— Je n'ai pas l'intention de briser maintenant ce petit ménage à trois. Pas après le mal que tu t'es donné pour me reconquérir ! Si cela doit échouer, nous sombrerons tous ensemble.

Il regarda droit devant lui.

— Non, Ashley. Je ne te laisserai pas faire cela.

— Tu n'as pas le choix ! A moins, bien sûr que tu ne te saches coupable et que tu n'aies peur de courir le risque ?

— Je dois avouer que je suis inquiet, en effet, murmura-t-il, l'air sombre. Après ce que tu viens de me raconter, je suis convaincu que Sheila est mentalement déséquilibrée. Et peut-être même dangereuse.

Ashley éclata d'un rire agressif.

— La belle excuse ! Il faut se rendre à l'évidence, Cord. Sheila est simplement une femme possessive et sans scrupule qui a toujours eu un penchant pour toi. Peut-être l'as-tu encouragée. Peut-être pas... Quoi qu'il en soit, elle est prête à mentir, à tricher, à manipuler tous ceux qui l'entourent pour obtenir ce qu'elle désire. Et je dois admettre qu'elle se débrouille à merveille.

Elle se tut un instant et prit une profonde inspiration avant d'ajouter :

— Pourrions-nous rentrer, à présent ? J'ai faim, je suis fatiguée et j'ai besoin de m'allonger.

Les dix minutes que dura le trajet jusqu'à la demeure McKnight s'écoulèrent dans un complet silence.

— Salut ! cria Ashley en franchissant le seuil de la porte, quelques instants plus tard. Nous sommes là, Sheila !

Tandis que Cord la suivait à l'intérieur, Sheila apparut en haut de l'escalier. Elle portait une robe de soie abricot qui moulait sa silhouette parfaite et mettait en valeur l'éclat doré de ses cheveux blonds.

— Je ne m'attendais pas à vous voir si tôt.

— Cord est rentré plus tôt que prévu, expliqua Ashley, sans laisser à ce dernier le temps de répondre. Et je mourais de faim. A ce propos, je pensais commander des pizzas. En voulez-vous aussi ?

Ashley regretta de ne pas avoir un appareil photo à portée de main pour immortaliser la stupéfaction qui se peignit sur le visage de Sheila.

— Non, merci, répondit celle-ci en prenant un air dégoûté. Je ne veux pas, pendant cette grossesse, prendre un gramme de plus que nécessaire.

Ashley se tourna alors vers Cord, qui la contemplait d'un air ébahi.

— Chéri ? Je vais prendre une douche bien chaude. Pourras-tu, s'il te plaît, monter les pizzas quand le livreur sera passé ? Nous dînerons au lit. Je vais commander des boissons au cas où vous decideriez de vous joindre à nous, Sheila. Notre série anglaise préférée commence dans une dizaine de minutes à la télévision. Pour rien au monde nous ne voudrions la manquer...

Sur ces mots, elle s'engouffra dans l'escalier et passa en coup de vent devant Sheila, espérant gagner l'étage supérieur avant que l'expression choquée de celle-ci lui arrache un fou rire nerveux.

Cette petite fanfaronnade lui valut d'arriver hors d'haleine dans la chambre de Cord. Elle dut attendre d'avoir repris son souffle pour aller jusqu'au téléphone et commander les pizzas.

Une fois cette question réglée, elle se rendit dans la salle de bains attenante, se déshabilla et se glissa sous une douche brûlante. Le fait de pouvoir côtoyer la belle-mère de Cord sans perdre tous ses moyens était extrêmement libérateur et elle retint de justesse un cri de triomphe. Même la découverte du shampooing de Sheila, près de la douche, et de son peignoir vaporeux sur le portemanteau de la salle de bains ne parvint pas à l'ébranler.

Plus elle y réfléchissait, plus elle était convaincue que Sheila commençait à perdre pied, affolée à l'idée que rien de ce qu'elle avait entrepris jusque-là n'avait réussi à les séparer, Cord et elle.

— Que mijotes-tu, à présent ? lui demanda Cord quand elle sortit de la salle de bains, tenant à la main le peignoir de Sheila et son shampooing.

— Hmm... ça sent bon la pizza ! répondit-elle en se tournant vers le carton posé sur le marbre de la cheminée.

Elle lui tendit sans sourciller les affaires de Sheila, puis se mit à fouiller dans sa trousse de toilette.

— Ah ! Les voici, dit-elle en brandissant une boîte de pilules antinausées. Peux-tu te charger de remettre ceci à Sheila avec ses effets personnels ? Elle aura sans doute oublié de les prendre...

Quand Cord fut sorti, elle s'allongea, épuisée.

Lorsqu'il revint dans la chambre, quelques instants plus tard, elle était déjà à moitié endormie. Elle l'entendit prononcer le nom de Dan, mais ne saisit que quelques bribes de mots, ici ou là. Puis elle sentit des lèvres effleurer sa joue et sombra dans un sommeil profond.

— 9 heures et demie ? Mais c'est impossible ! s'exclama-t-elle en se réveillant le lendemain matin.

A côté d'elle, le grand lit était vide et elle aurait été incapable de dire à quelle heure Cord s'était levé. Elle alla faire sa toilette.

Comme elle finissait de s'habiller, le téléphone sonna. Convaincue qu'elle était seule dans la maison, elle se hâta vers la table de nuit pour répondre.

— Allô ?

— Ashley ? demanda une voix profonde qui, comme chaque fois, la fit tressaillir. T'ai-je réveillée ?

— Non...

— J'ai appelé le magasin de meubles. Ils livreront le mobilier entre 12 heures et 15 heures. Je serai donc rentré pour midi. Ensuite, nous irons à Sainte-Anne récupérer ta voiture.

— C'est vrai ! J'avais oublié. Elle est toujours sur le parking.

— Je pense qu'hier soir, nous avions autre chose en tête. J'ai demandé à la femme de ménage d'aller faire quelques courses. Tu devrais trouver tout ce qu'il faut dans le réfrigérateur.

Comme d'habitude, il avait pensé à tout! Elle s'éclaircit la gorge.

— Merci. Je suis sûre que tout ira bien.

— Ashley..., commença-t-il d'une voix inquiète. N'hésite pas à m'appeler si tu as besoin de quoi que ce soit. Tout le monde ici est prévenu : si tu appelles, il faut me passer immédiatement la communication.

Ashley entortilla le fil du téléphone autour de son doigt.

— Je ne suis pas encore sur le point d'accoucher, Cord. Mais dès que les signes décrits par le Dr Noble se manifesteront, tu seras le premier informé.

— J'y compte bien! s'exclama-t-il. En attendant, sois prudente, ma chérie.

— Je te le promets, répondit Ashley, bouleversée par la tendresse et la sollicitude inquiète qui perçaient dans sa voix.

— Parfait. Je serai là dans deux heures.

Puis il raccrocha.

Songeuse, Ashley reposa lentement le récepteur sur son support. Elle ne répondit pas immédiatement aux coups frappés à la porte.

Une nouvelle série de coups la tira de sa rêverie.

— Est-ce vous, Katy?

— Non. C'est Sheila.

A présent elle comprenait pourquoi Cord semblait si inquiet au téléphone! Sa belle-mère n'était toujours pas apparue au bureau. Rassemblant son courage, elle l'invita à entrer.

Quand elle découvrit ce que Sheila contemplait avec insistance, elle se félicita de n'avoir pas encore fait le ménage dans la chambre. Le lit défait ressemblait à un champ de bataille. Et pour quelqu'un qui entrait dans la pièce, le tas de vêtements, au pied du lit, était le témoignage éloquent d'une nuit torride.

D'ordinaire, Sheila était sûre d'elle. Mais ce matin-là, Ashley constata que son visage au teint parfait était empourpré et que ses yeux gris paraissaient animés d'un éclat étrange.

— Avez-vous pris une de mes pilules, hier soir? demanda Ashley d'une voix posée. Cela a-t-il eu un effet sur les nausées?

Sheila rejeta la tête en arrière.

— Vous vous croyez futée, n'est-ce pas?

Ashley était étrangement calme. Il était temps! songea-t-elle avec satisfaction.

— J'ai été à bonne école avec vous!

Sheila étouffa un cri de rage.

— Vous êtes de nouveau avec Cord, soit, mais vous ne saurez jamais si nous avons été amants ou non.

L'expression haineuse de son visage, sa bouche crispée, rappelèrent à Ashley l'époque où Marsha, à l'orphelinat, la tourmentait pour le simple plaisir de la voir souffrir.

Soudain, tout devint clair dans son esprit, au point que sa tête se mit à tourner. Comme sous l'effet d'un coup de baguette magique, la réalité lui apparaissait sous son véritable jour.

Cord avait toujours dit la vérité!

— Je vais vous avouer une chose, Sheila, dit-elle d'une voix troublée par l'émotion. Jusqu'à cet instant, je n'avais pas compris que vous n'étiez qu'une menteuse. Dieu merci, Cord n'a jamais renoncé à moi ni à notre mariage. Son amour m'a convaincue de revenir ici et de vous affronter. Renoncez donc à lui et tâchez d'assurer à votre enfant une existence décente.

Sheila éclata d'un rire moqueur.

— Je ne suis pas enceinte, espèce d'idiote!

Ashley n'aurait pas dû être étonnée. Pourtant, cette nouvelle la laissa sans voix.

— Encore une information dont je ne peux que me réjouir! dit-elle après un silence. En effet, Cord m'a parlé de cette fameuse nuit, il y a des années, où vous l'avez invité à entrer dans votre appartement. Il m'a expliqué qu'il était parti sans avoir couché avec vous et que vous n'aviez visiblement pas supporté qu'il vous repousse. C'est pour cela que vous essayez, depuis, de lui faire payer cet affront, allant jusqu'à épouser son père et tenter de briser notre mariage ! A propos, Cord et moi comptons retourner dans le Teton, après la naissance de notre enfant. Vous pouvez disposer de la maison. Vendez-la au plus offrant, et commencez une autre vie ailleurs.

Sheila lui jeta un regard chargé de haine.

— Peut-être. Puisque Cord rentre à midi, je vais l'attendre. Je discuterai de tout cela avec lui, dit-elle avant de partir.

Ashley la regarda quitter la pièce, comprenant tout à coup que Sheila n'avait pas perdu un mot de sa conversation avec Cord. Sans doute n'était-ce pas la première fois...

Elle avait probablement surpris une conversation entre Greg et Cord, quelques semaines plus tôt. Et c'était ainsi qu'elle était au fait de détails que seul Cord pouvait connaître...

Ashley frissonna. Soudain, elle avait le pressentiment, comme son mari, que cette femme pouvait devenir dangereuse. Sur une impulsion, elle courut jusqu'au téléphone et composa le numéro de Cord à son bureau. Sans préambule, elle demanda à la standardiste de lui passer son mari.

— Ashley ? Que se passe-t-il ? demanda-t-il quelques secondes plus tard.

— C'est... c'est Sheila. Rentre tout de suite, Cord !

Sans doute lui transmit-elle sa peur car il ne posa aucune question.

— J'arrive !

Quelques interminables minutes s'écoulèrent. Enfin, Ashley vit la Land Rover apparaître au coin de la rue. Le cœur battant, elle ouvrit précipitamment la porte de la chambre, se rua vers l'escalier et commença à descendre. Sheila n'était pas en vue...

Comme elle atteignait le palier du premier étage, elle aperçut soudain sa chevelure blonde. Elle se trouvait quelques marches plus haut et se dirigeait elle aussi vers le hall.

Ashley entendit son mari crier son nom. Puis la porte

d'entrée s'ouvrit en grand et il se précipita à l'intérieur. Il les aperçut toutes les deux au même instant.

— Chérie ?

Sheila glissa une main dans la poche de sa veste. Surprenant son geste, Ashley se sentit gagner par l'épouvante.

— Cord ! Attention, hurla-t-elle de toutes ses forces.

Dans son empressement à vouloir protéger son mari, elle trébucha et tomba en avant, heurtant la rampe avec la tête. Soudain, tout devint noir autour d'elle.

10.

Le hurlement lugubre d'une sirène ramena lentement Ashley à la réalité. Le son lui parut d'abord très lointain, puis elle découvrit qu'elle se trouvait à l'intérieur d'une ambulance et qu'un infirmier était penché sur elle.

Elle éprouvait une violente douleur à la tête et dans le bas du dos, ainsi qu'une sensation de tiraillement au niveau du bassin. Soudain, le souvenir de ce qui s'était passé lui revint en bloc.

— Cord ! cria-t-elle.

Elle tenta de se redresser, mais sa tête et son cou étaient pris dans une sorte de carcan et l'infirmier lui ordonna de rester tranquille.

— Je suis là, chérie, intervint alors Cord d'une voix pleine de tendresse.

En le découvrant accroupi à ses pieds, la jeune femme ne put retenir ses larmes.

— Tu n'es pas blessé ? J'ai cru que Sheila était armée.

— Je n'ai rien, murmura-t-il, très ému. Ne te fais aucun souci pour moi. Sheila est sortie de notre vie. Tout ce qui compte à présent, c'est toi et notre bébé.

— Le bébé a-t-il été touché ? demanda-t-elle, prise de panique.

— Votre tête a violemment heurté la rampe de l'escalier, expliqua l'infirmier. Mais heureusement pour vous, votre mari vous a rattrapée avant que vous n'atterrissiez sur le sol en marbre. Vous n'avez aucune fracture, mais votre bébé risque de naître un peu plus tôt que prévu.

— Oh, non !

— Tout ira bien, ma chérie, s'empressa d'affirmer Cord pour la rassurer. Le Dr Noble a été prévenu.

— Je... j'espérais qu'il naîtrait le jour de ton anniversaire, bredouilla Ashley, incapable de retenir ses larmes. Ce devait être mon cadeau.

— Aurais-tu oublié combien j'aimais les cadeaux anticipés, mon amour ? murmura-t-il. Et celui-là plus que tout autre.

— Mais nous ne sommes pas prêts, protesta-t-elle. Je n'ai pas de couches, ni de brassières, ni de chaussons...

— En un coup de fil, je peux faire livrer tout cela à la maison. La seule chose qui compte, c'est toi.

— Non ! s'écria Ashley en sanglotant, sans se soucier de la présence de l'infirmier. Comment pourras-tu me pardonner d'avoir douté de toi ? Quand Sheila est venue dans la chambre, ce matin, et a recommencé à me provoquer, j'ai compris qu'elle avait menti. De bout en bout. Je suis indigne de ton amour.

— Tu es la seule que je désire, déclara-t-il d'une voix vibrante d'émotion. Calme-toi, maintenant. Nous avons tous été victimes de Sheila, à commencer par Dan. Heureusement nous avons de vrais amis, comme Greg, qui nous a encouragés à ne jamais renoncer.

— Je sais. Sœur Bernice aussi. Tous deux ont vu ce que j'étais incapable de voir.

— Ce que *nous* étions incapables de voir, rectifia Cord, avec une pointe de tristesse dans la voix. Sheila a même réussi à mener Dan par le bout du nez et à empoisonner nos relations. Au point qu'il a fini par perdre confiance en lui-même et en moi. Mais tout cela est terminé. Nous allons avoir notre bébé et former une vraie famille. Pour toujours.

— Oh, Cord...

Incapable d'en dire plus, elle se remit à pleurer, mais cette fois, c'étaient des larmes de joie.

— Nous sommes arrivés, annonça Cord quand l'ambulance s'arrêta. Il n'y en a plus pour longtemps.

— Ne me quitte pas, Cord.

— Cela ne me viendrait pas à l'idée.

Ensuite, tout se passa très vite. Ashley fut emmenée aux urgences où une sage-femme l'examina sur-le-champ. Le travail avait commencé mais progressait lentement. Finalement, elle fut allongée sur un brancard et conduite à la maternité. Cord lui tint la main tout au long du trajet à travers les couloirs de l'hôpital, et son regard rassurant ne la quitta pas un seul instant.

— Cela ne te rappelle rien ? murmura-t-il quand ils l'installèrent dans une salle de travail.

Le regard embué, Ashley s'attarda sur les traits réguliers de son beau visage.

— Dire qu'il ne s'est écoulé qu'une semaine... J'ai l'impression que nous avons vécu une vie tout entière depuis que je t'ai retrouvé.

— Je connais ce sentiment, répondit-il.

— Voyons, voyons..., fit une voix familière, quelques instants plus tard. Comment avez-vous fait pour vous retrouver avec une bosse pareille sur le front, ma chère Ashley ?

— Docteur Noble...

Il s'approcha de la jeune femme et lui sourit.

— C'est bon. Je suis au courant de tout. On vous a donné quelque chose pour accélérer le travail, mais cela n'a eu aucun effet. Je pense donc qu'il serait raisonnable de pratiquer une césarienne. Ne vous alarmez pas, s'empressa-t-il d'ajouter en voyant son regard affolé. Si jamais un autre miracle se produit, vous pourrez sans problème donner naissance à un deuxième ou même à un troisième enfant.

— Cela serait merveilleux, intervint Cord, mais la seule chose qui compte, en ce moment, c'est Ashley.

En le regardant — il était très pâle et avait les traits tirés — Ashley se rendit compte que lui aussi avait été durement éprouvé par les derniers événements. Il avait peur pour elle. Elle le voyait, le sentait.

Elle sentit son cœur se gonfler d'un amour si puissant que tout son corps en fut secoué. Jusque-là, il avait fait preuve de force et de courage pour la soutenir. A présent, il avait besoin d'elle.

— Trésor, murmura-t-elle avec une pression de la main. Tout ira bien. Dans quelques instants, nous aurons ce bébé que nous avons tant désiré. Je suis si heureuse...

— Ashley ! murmura-t-il avant de déposer en tremblant un baiser sur ses lèvres.

— Comme vous pouvez le constater, Cord, vous n'avez aucune raison de vous inquiéter, conclut le médecin. A présent, si vous pouvez vous séparer de votre femme le temps qu'on la prépare pour l'intervention, je vais envoyer une infirmière vous chercher un masque et une blouse. Ainsi, vous pourrez assister à l'accouchement.

A ces mots, Cord redressa la tête. Son visage, à présent, exprimait plus d'excitation que d'inquiétude.

— On se retrouve dans quelques minutes, murmura Ashley avant de le regarder quitter la pièce à contrecœur.

— Bien, commença le médecin dès qu'ils furent seuls. Occupons-nous de ce bébé, voulez-vous ?

— Oui !

— C'est le Dr Ball qui va se charger de la péridurale. Vous resterez consciente pendant toute l'opération. Vous éprouverez peut-être une légère sensation d'étourdissement au moment où je prendrai le bébé, mais ce sera l'affaire de quelques instants. J'ai déjà contacté la pédiatre, elle se trouvera dans la salle d'accouchement avec nous. Des questions ?

— Non, répondit Ashley, que l'excitation faisait trembler.

— Quand avez-vous bu ou mangé pour la dernière fois ?

— J'ai mangé une part de pizza hier soir. Rien aujourd'hui.

— Tant mieux, marmonna le médecin en l'auscultant. Je vous trouve en excellente forme pour quelqu'un qui vient de faire une mauvaise chute. A présent, détendez-vous et laissez-nous faire.

— D'accord.

— De vous à moi, ajouta-t-il avec un clin d'œil, c'est surtout votre mari qui m'inquiète. Devenir père est une redoutable expérience pour nous, les hommes. Et plus encore pour Cord, qui ne s'attendait pas à l'être un jour.

— Je sais.

— Les hommes protecteurs, comme votre époux, souffrent de leur impuissance en ces moments-là. Il est en admiration devant votre courage.

— Merci d'être ici pour moi, docteur.

Les yeux du vieil homme brillèrent.

— C'est un privilège, répondit-il avec simplicité.

Quinze minutes plus tard, Ahsley était sous péridurale.

— Bien. Allons-y...

Deux brancardiers la conduisirent jusqu'au bloc opératoire. Elle éprouva une très curieuse sensation au moment où on la souleva pour la poser sur la table d'opération, car elle était absolument incapable de bouger ses jambes.

Tout le monde autour d'elle était vêtu de vert et portait un masque. Le Dr Noble conversait gaiement avec les infirmières tandis que l'on recouvrait Ashley d'un drap stérile.

Elle tourna la tête sur le côté et aperçut Cord qui entrait dans la salle. Une aide lui indiqua la chaise sur laquelle il devait s'asseoir. Ashley songea que le Dr Noble avait sans doute pris cette mesure préventive pour le cas où il s'évanouirait. Elle ne put s'empêcher de sourire à cette idée.

L'inervention dura quelques minutes et soudain, Ashley aperçut son bébé, et se mit à pleurer de joie et d'émotion.

— Quel beau garçon ! s'exclama le Dr Noble. Venez ici, Cord, et regardez.

Celui-ci ne se fit pas prier.

— Ashley...

Son cri d'allégresse résonna dans toute la salle.

— Tout me semble parfait. Il respire bien, commenta la pédiatre qui avait pris le bébé pour l'examiner. Votre fils mesure cinquante centimètres et pèse trois kilos trois cent cinquante. Pour un enfant né avec trois semaines d'avance, c'est un beau gaillard.

— C'est un solide bonhomme, approuva le Dr Noble. Quand vous faites quelque chose, Cord, vous le faites bien !

Ashley croyait avoir déjà connu le bonheur mais ce n'était rien à côté de ce qu'elle éprouva quand on lui tendit son bébé, enveloppé dans une couverture.

Elle se mit à l'inspecter d'un œil avide, comme si elle avait voulu le dévorer.

— Cabe, dit-elle doucement, nous sommes là. Ton papa et ta maman sont là...

Cord, dont le visage était toujours masqué, se tenait tout contre elle.

— Nous sommes bien là, fiston.

De ses petits yeux, le bébé les fixa comme s'il pouvait vraiment les voir. Bouleversée, elle s'empressa de mémoriser chaque détail de sa minuscule anatomie.

Comme elle s'extasiait sur son petit corps robuste, elle nota les larges épaules, les doigts minuscules aux extrémités bien carrées, les pieds longs et fins, autant de détails qui témoignaient clairement de sa filiation avec Cord.

— Oh, Cord... je... je n'arrive pas à y croire. Cabe est là. Il est magnifique.

— Vous êtes tous les deux magnifiques, rectifia Cord, la gorge nouée.

— Je suis désolé d'interrompre cette scène émouvante, intervint le Dr Noble, mais je n'ai pas tout à fait terminé avec Ashley. Cord, vous pouvez descendre avec l'enfant à la pouponnière. Votre femme va rester quelques heures en salle de réveil, puis elle sera transportée dans sa chambre, où vous pourrez la rejoindre.

Cord retira son masque et se pencha vers elle.

— Je t'aime, lui murmura-t-il à l'oreille.

Puis il sortit derrière l'infirmière qui poussait le berceau du bébé.

Le Dr Noble s'approcha d'Ashley et lui caressa affectueusement la joue.

— J'ai presque terminé. Nous vous avons administré un sédatif pour éviter les petites douleurs postnatales. Je reviendrai vous voir demain matin.

Déjà Ashley ressentait les effets du médicament. Elle bredouilla un vague merci avant de sombrer dans l'inconscience.

Elle ne se réveilla que le lendemain matin. Quand l'infirmière de jour entra dans la chambre pour s'occuper des soins, elle réclama son sac à main et en sortit sa trousse de maquillage et un petit miroir.

Un coup de brosse et un peu de rouge à lèvres lui donnèrent l'impression d'avoir retrouvé figure humaine. Au moment où l'infirmière suggérait à Ashley de nourrir son enfant au sein et lui expliquait comment s'y prendre, la jeune femme entendit du bruit dans le couloir. Derrière la porte s'époumonait une bonne demi-douzaine de bébés.

— Croyez-vous que le mien est parmi eux ? demanda-t-elle, les yeux brillants d'impatience.

Mais elle n'entendit pas la réponse car au même instant, Cord entra dans la pièce, plus grand et plus séduisant que jamais.

— Cord, chéri !

Il s'approcha du lit, le visage radieux.

— Si je ne l'avais pas vu de mes propres yeux, je ne croirais pas que tu viens d'accoucher.

Et il se pencha pour déposer sur ses lèvres un baiser qui en disait plus que tous les discours. Soudain, elle oublia tout ce qui se passait autour d'elle. Mais un cri de bébé la fit redescendre sur terre.

— Notre fils réclame sa mère, murmura Cord contre ses lèvres. Mais n'oublie pas que son père a besoin lui aussi que tu lui consacres du temps, plus tard.

— Je ne l'oublierai jamais, promit Ashley en lui arrachant un dernier baiser au moment où il s'écartait pour permettre à l'infirmière de déposer Cabe dans ses bras.

— Oh ! s'écria Ashley en écartant les pans de la couverture. Il est si beau, Cord. Regarde-le !

— Je suis resté tout le temps avec lui dans la pouponnière. On m'a même permis de le baigner, ce matin, annonça Cord avec fierté. Je suis un expert, à présent.

Il tira une chaise et s'assit auprès du lit.

— C'est merveilleux. A-t-il apprécié son bain ?

Cord eut un sourire si tendre qu'Ashley en eut les larmes aux yeux.

— Il a adoré.

— Regarde ses oreilles. Et ses cils. Ils sont adorables, non ?

Ensemble, ils admirèrent chaque détail de sa délicate anatomie, s'exclamant et riant de plaisir chaque fois qu'il faisait une grimace.

— Il est en avance sur les autres bébés, confia Cord d'un air satisfait. Après enquête, j'ai découvert qu'il est le plus grand nouveau-né de la pouponnière.

Ashley se mit à rire.

— Ashley, murmura Cord. J'attends cet instant depuis si longtemps...

Il enfouit la tête dans son cou, incapable de contenir son émotion.

— Moi aussi, répondit Ashley, troublée par sa proximité et l'effet enivrant de son souffle chaud sur sa peau. Je ne pensais pas connaître un jour un bonheur pareil.

Après un certain temps, le petit Cabe se remit à pleurer, manifestant à sa façon qu'il commençait à avoir faim. Ashley tenta de le satisfaire, avec maladresse.

L'infirmière lui expliqua qu'il fallait un certain temps pour arriver à donner le sein correctement. Dans quelques jours, affirma-t-elle, cela lui paraîtrait parfaitement naturel. Son optimisme apaisa quelque peu l'inquiétude d'Ashley, qui acheva de se rassurer en voyant Cabe s'endormir, heureux et repu.

— Tu me sembles sur le point de t'assoupir, toi aussi, murmura Cord. Je vais le remettre dans son berceau, près de toi.

— Ne me quitte pas, supplia-t-elle quand l'infirmière lui eut administré un autre calmant.

Ashley était encore sous perfusion. Elle ne serait autorisée à manger qu'une fois le goutte-à-goutte retiré, le lendemain matin.

— Ne t'en fais pas, je ne bougerai pas d'ici !

Sur ces mots rassurants, elle s'endormit paisiblement.

Lorsqu'elle se réveilla, quelques heures plus tard, elle découvrit son mari sommeillant dans un fauteuil, le bébé endormi contre son épaule.

Elle sentit son cœur se gonfler d'émotion. Si seulement elle avait pu prendre une photo pour immortaliser cet instant !

Heureusement, une infirmière entra dans la chambre avant leur réveil. A voix basse, Ashley lui demanda d'aller chercher l'appareil que Cord avait posé sur la commode.

D'une main légèrement tremblante, elle prit plusieurs photos, songeant que ces clichés constitueraient un trésor inestimable.

A son grand regret, l'infirmière dut ensuite emmener le bébé à la pouponnière. Elle le dégagea avec délicatesse des bras de son père, puis l'installa dans son berceau et quitta la chambre, après avoir promis de revenir rapidement. A cet instant, Ashley se dit qu'il était possible de mourir de bonheur.

Elle se carra contre les oreillers et contempla son mari. Lui aussi avait été durement éprouvé. Pas seulement par l'accouchement, mais aussi par la scène qui avait précipité la naissance de l'enfant...

Comme s'il était doté d'un sixième sens, Cord ouvrit les yeux et se redressa, l'air légèrement désorienté.

— Où est Cabe ?

— Ils l'ont emmené il y a quelques minutes. Ce n'est pas plus mal, car tu avais besoin de repos.

Il se leva, s'approcha du lit et échangea avec elle un long baiser.

— Comment te sens-tu ?

— Fourbue, fatiguée, mais merveilleusement heureuse.

Le visage de Cord se détendit. Il plissa les yeux et se mit à observer son crâne avec attention.

— La bosse a diminué, décréta-t-il.

— Tant mieux, mais à présent, je dois avoir un gros bleu, non ?

— Remercions le ciel que tu n'aies rien d'autre !

— Cord..., raconte-moi ce qui s'est passé avec Sheila quand je me suis évanouie.

Il se redressa et se frotta la nuque d'un air absent.

— Quand tu as appelé au bureau, commença-t-il enfin, Dan et moi venions de parler d'elle et du danger qu'elle représentait. J'ai senti à ta voix que tu avais peur. Alors j'ai demandé à Dan de faire envoyer une ambulance. Pour tout te dire, j'avais une sorte de pressentiment depuis sa visite à l'orphelinat. Pendant tout le trajet entre le bureau et la maison, j'ai tremblé à l'idée qu'elle cherche à te faire du mal, physiquement.

Ashley retint sa respiration.

— J'ai cru qu'elle avait un revolver dans sa poche et que, voyant qu'elle ne pouvait t'avoir, elle avait décidé de te tuer. Elle paraissait déterminée et descendait vers toi.

Il secoua la tête.

— Elle tenait les clés de ta voiture.

— De ma voiture ?

— Oui. Elle me les a montrées et a prétendu qu'elle était descendue pour attendre un taxi. Elle comptait, m'a-t-elle dit, se rendre à l'orphelinat et te rapporter ta voiture pour te faire plaisir.

» Naturellement, je n'en ai pas cru un mot et je lui ai pris le trousseau des mains. A mon avis, elle espérait quitter la maison sans être vue, aller jusque là-bas et trafiquer ta voiture pour que tu aies un accident.

— Oh, Cord !

— Quand elle a vu que je ne la croyais pas, elle a déclaré qu'elle quittait Salt Lake City et ne reviendrait pas. Je lui ai répondu que c'était une excellente idée, d'autant que le conseil d'administration de la société avait voté son exclusion.

A ce moment-là, un taxi s'est arrêté devant la maison. Et juste après, l'ambulance. Alors je me suis occupé de toi. Je pense qu'elle a dû prendre l'argent de papa et filer. Nous n'entendrons plus jamais parler d'elle...

Ashley laissa échapper un soupir de soulagement.

— C'est la meilleure nouvelle que j'aie jamais entendue.

— Chérie ?

Il lui prit la main et la porta à ses lèvres.

— Promets-moi de ne plus jamais regarder en arrière, de ne plus jamais penser aux chagrins du passé.

Elle l'attira doucement à elle.

— Je n'en suis plus là, Cord. Je regrette seulement de ne pas être en mesure de te prouver ce que je ressens pour toi. Si tu peux attendre encore un tout petit peu...

— Sœur Bernice va-t-elle mieux ? Pouvons-nous la voir quelques instants ?

La réceptionniste leva les yeux et aperçut Ashley et Cord, qui tenait dans ses bras leur bébé âgé de quatre semaines. Ils avaient appris que la religieuse avait été, elle aussi, frappée par le virus de la grippe. Pour cette raison, elle n'avait pu leur rendre visite à l'hôpital.

— Oui, elle est tout à fait rétablie. Je pense qu'elle doit être dans son bureau. Allez-y et frappez.

Cord entraîna son épouse vers la porte indiquée.

— Entrez !

Emue, Ashley poussa la porte et ils entrèrent.

Quand elle les aperçut, sœur Bernice leur adressa un sourire radieux.

— Je pensais justement à vous, et vous voilà, avec votre précieux enfant.

— Nous avons appris que vous aviez été souffrante, mais nous ne pouvions venir plus tôt. Cabe voulait faire votre connaissance.

La religieuse tendit les bras.

— J'étais tout aussi impatiente de le voir.

Cord traversa la pièce pour déposer l'enfant dans ses bras. Comme chaque fois qu'elle voyait son mari portant sa réplique miniature, Ashley sentit une boule se former dans sa gorge. La boule grossit encore quand sœur Bernice embrassa l'enfant et se mit à lui parler avec toute la tendresse d'une mère aimante.

— Savais-tu, Ashley, que tu avais à peine un mois quand ta mère t'a amenée à Sainte-Anne ? dit-elle en adressant à la jeune femme un regard affectueux. Tu avais beaucoup de cheveux, toi aussi. Mais tu étais toute petite. Ce garçon a l'air plus vigoureux, et très calme...

— On voit que vous ne l'avez jamais entendu crier quand il a faim ! commenta Cord avec un sourire. La nuit, il réclame sa mère à grands cris et je ne serais pas étonné que ses hurlements réveillent également nos voisins.

— Normal ! Comment ferait-il, sinon, pour devenir grand, beau et fort comme son papa ?

Ashley regarda son mari avec tendresse.

— Cord m'aide en se levant pour aller le chercher. Et quand il est rassasié, nous nous battons pour savoir lequel de nous va le prendre dans ses bras.

Sœur Bernice se mit à rire.

— Tu as beaucoup de chance, petit Cabe.

— C'est nous qui avons de la chance, rectifia Cord avec émotion. J'ai suggéré à Ashley de passer vous voir aujourd'hui. Mais pour moi, il ne s'agit pas d'une simple visite. Je voudrais vous parler d'une chose qui me tient à cœur...

Les deux femmes lui jetèrent un regard intrigué. Il se tourna vers sœur Bernice.

— Je tiens à dire que mon vrai bonheur a commencé le jour où j'ai fait la connaissance d'Ashley. Je serais donc ingrat de ne pas vous remercier de tout ce que vous avez fait pour elle. De plus, c'est vous qui l'avez encouragée à se battre pour notre mariage. Et c'est grâce à vos conseils que nous sommes réunis aujourd'hui et que nous nous apprêtons à repartir pour le Parc national de Grand Teton, où j'ai accepté d'occuper les fonctions de directeur.

— Félicitations...

— Merci. Pour vous prouver ma reconnaissance, j'ai décidé de léguer notre maison de famille à Sainte-Anne. Faites-en l'usage que vous jugerez adapté. Mon notaire vous contactera la semaine prochaine à ce sujet.

» Cette propriété, très vaste, est entourée d'un grand parc. Elle pourrait servir de foyer pour les enfants les plus âgés, qui travaillent à mi-temps et vont au lycée. Ou pour accueillir les enfants malades, ou handicapés. A vous de décider. A l'exception de quelques objets personnels, je laisse tout le mobilier en l'état. Ashley et moi n'avons pas besoin de la maison, ni de l'argent qu'elle représente. Je serai très heureux de savoir qu'elle sert une juste cause.

Ashley baissa la tête, émue par sa générosité au point de ne pouvoir prononcer un mot. Sœur Bernice semblait frappée du même mutisme.

— J'ai également constitué un fond de roulement pour son entretien. Sainte-Anne aura toujours une place particulière dans mon cœur. Après tout, vous êtes la seule famille d'Ashley.

Les yeux de la religieuse se remplirent de larmes.

— Vous n'imaginez pas ce que représente ce don pour nous. Merci...

Cord sourit.

— Je suis ravi de pouvoir vous rendre service.

N'y tenant plus, Ashley se leva de sa chaise et se jeta au cou de son mari. Elle l'étreignit avec tant d'ardeur qu'elle faillit le renverser.

La religieuse se leva à son tour, Cabe dans ses bras.

— J'accepte votre don, mais à une condition...

Intriguée, Ashley se tourna vers sœur Bernice.

— Laissez-moi ce petit ange pendant quelques jours. Je veux apprendre à le connaître, et je ne pourrai le faire avec ses deux parents sans cesse accrochés à lui. Et puis... j'imagine que vous ne seriez pas mécontents d'avoir un peu de temps pour vous seuls, n'est-ce pas ?

Cord jeta à Ashley un regard plein de désir. La jeune femme sentit son cœur s'affoler dans sa poitrine. Non seulement ils étaient épuisés parce que le bébé les tenait éveillés une partie de la nuit mais de plus, ils respectaient scrupuleusement les ordres du médecin qui avait interdit toute intimité pendant au moins quatre semaines... S'ils laissaient Cabe à sœur Bernice, ils se retrouveraient vraiment mari et femme !

Sœur Bernice adressa un clin d'œil discret à Ashley, qui devint écarlate.

— Nous acceptons, répondit Cord avec une joie non dissimulée. Si vous avez besoin de quoi que...

— Je n'aurai besoin de rien, coupa la religieuse avec un sourire. Nous avons ici tout ce que votre petit bonhomme pourrait désirer. Dis au revoir à papa et à maman, mon chéri. Dis-leur de ne pas se faire de souci pour toi.

Même si elle faisait entière confiance à sœur Bernice, Ashley eut le cœur serré à l'idée d'abandonner son petit Cabe.

Mais sa tristesse ne dura que le temps de quitter le bureau de la religieuse, et cessa dès qu'elle croisa le regard de son mari. L'amour qu'elle y lut lui rappela qu'il était temps de consacrer son attention à cet homme merveilleux, qui n'avait jamais renoncé à elle ni à leur mariage. Le moment était venu de lui témoigner tout son amour...

Épilogue

— Hmm... je sens une bonne odeur de gigot, s'exclama Cord en refermant derrière lui la porte d'entrée du chalet. Quel événement fêtons-nous, ce soir ?

Cord était déjà de retour !

Il rentrait beaucoup plus tôt que prévu. Retardée par les enfants, Ashley n'avait pas encore eu le temps de sortir les bougeoirs et le service en porcelaine de Chine.

Cabe, qui avait désormais trois ans, et Ross, leur fils adoptif âgé de deux ans, assis chacun sur une chaise haute, poussèrent des cris de joie en voyant leur père entrer dans la cuisine.

Il les embrassa tour à tour avec tendresse, puis s'approcha d'Ashley, qui était penchée au-dessus de l'évier, et déposa un baiser sur sa nuque.

Elle ne put réprimer un frisson.

— Brr... Il doit faire un froid de loup, dehors. Dire que nous ne sommes qu'en septembre !

— Tu sais bien que dans cette région de montagnes, l'hiver arrive très tôt. Nous aurons sans doute les premières neiges cette nuit. C'est pour cela que je suis rentré de bonne heure. Que dirais-tu de mettre les enfants au lit le plus tôt possible pour avoir une longue nuit tout à nous sous la couette ?

Exactement ce qu'elle avait prévu !

Ashley se retourna, impatiente d'unir ses lèvres à celles de Cord. Après une journée entière d'éloignement, leurs bouches et leurs corps se soudèrent avec avidité, mais très vite, les bruyants bambins réclamèrent un peu d'attention. Un petit rire agita le corps de Cord puis il s'écarta.

— Si je leur donnais à manger pendant que tu finis de préparer notre repas ? suggéra-t-il.

— Non, non. Ils ont déjà mangé et seront prêts à aller se coucher dès que j'aurai terminé avec ceci. Ce soir, je voudrais que tu prennes un bon bain chaud et que tu te détendes. Je t'appellerai quand le dîner sera servi.

Il posa sur elle un regard intrigué.

— J'ai l'impression que cela cache quelque chose...

Elle détourna les yeux.

— Une femme ne peut-elle, de temps en temps, préparer quelque chose d'un peu spécial pour son mari ?

Cord retourna auprès d'elle et l'enlaça.

— Tous les jours et toutes les nuits sont spéciales avec toi. Je suis le plus heureux mari du monde. Mais ce soir, j'ai l'impression que c'est différent.

— Eh bien, tu vas devoir attendre pour le savoir...

— Tu sais bien que j'ai horreur d'attendre, avoua-t-il avant de s'emparer de sa bouche. Avons-nous gagné à la loterie ?

— Nous n'avons pas besoin de cela, voyons, protesta-t-elle en riant.

— Tes parents naturels auraient-ils entamé des recherches pour te retrouver ?

— Non, chéri. Rien de ce genre. Et d'ailleurs, tu sais que cela n'a plus d'importance pour moi...

— Alors les gens du service d'adoption ont appelé... Oui, c'est cela ! Nous allons enfin avoir le bébé que nous attendons. Ai-je gagné ? demanda-t-il encore en la couvrant de petits baisers.

— Pas tout à fait.

Soudain il devint sérieux et la fixa d'un regard attentif.

Décidément, elle ne pouvait rien lui cacher. Retenant sa respiration, elle murmura :

— Crois-tu être capable de supporter un autre miracle, qui devrait arriver d'ici à huit mois ?

Elle vit ses yeux briller d'un éclat particulier.

— J'ai déjà eu droit à trois miracles. Le jour où je t'ai retrouvée, enceinte, et le jour où nous avons adopté Ross. Peut-il être donné à un seul homme d'en connaître d'autres ?

Elle lui sourit.

— Ce bébé que je porte en moi est la preuve vivante que oui.

Il la dévisagea avec émerveillement puis se tourna vers les garçons.

— Hé, les gars ! Avez-vous entendu ?

Ils cessèrent instantanément leur tapage et regardèrent leur père d'un air intrigué.

— Au printemps, il va y avoir du changement ici. La famille comptera bientôt un nouveau membre : Marie-Ashley.

— Moi aussi, j'espère que ce sera une fille, murmura Ashley derrière lui.

Cord se tourna vers elle et l'expression radieuse de son visage s'imprima à jamais dans la mémoire de la jeune femme.

— Allons mettre les deux petits au lit, puis nous irons dans le nôtre pour réfléchir à des prénoms de garçon — par prudence. Et quand nous nous serons mis d'accord sur l'un d'entre eux, nous célébrerons dignement l'événement. Qu'en dis-tu ?

— Lis une histoire à Ross, je me charge de Cabe, répondit-elle, le cœur battant.

Puis en riant, elle ajouta :

— Je parie que je serai couchée avant toi !

— Tu paries ?

Elle s'empara de Cabe et déposa un gros baiser dans le cou de l'enfant.

— Si tu savais comme j'aime ton papa, mon chéri !

— As-tu entendu, Ross ? chuchota Cord en soulevant leur fils de deux ans dans les airs. Je crois que ta mère vient de dire qu'elle m'aime. Elle m'aime. Elle m'aime !

Sur ces mots, répétés comme une incantation, ils quittèrent tous ensemble la cuisine.

VOTRE PROCHAIN RENDEZ-VOUS AVEC LES BEST-SELLERS HARLEQUIN

Le 1er juillet : 3 romans inédits + 1 roman réédité

Délit d'amour, de Erica Spindler • N° 115

Kate et Richard Ryan forment un couple heureux, à qui il ne manque qu'un enfant pour être tout à fait comblé. Aussi, quand une agence leur ouvre les portes de l'adoption, s'y engouffrent-ils avec espoir, sans se douter qu'ils mettent le pied dans un engrenage fatal. Car la mère biologique de leur enfant adoptif, si elle a tenu à garder l'anonymat au moment de la transaction, va bientôt resurgir dans leur vie, bouleversant tout sur son passage...

Une femme dans la tourmente, de Nora Roberts • N°116

Brillante historienne de l'art, Miranda est convoquée à Florence par sa mère, la redoutable Elizabeth, pour expertiser une statue Renaissance. Hélas, loin d'être la consécration qu'elle attendait, le voyage en Italie tourne au fiasco. A croire que, dans l'ombre, quelqu'un cherche à lui nuire. Une hypothèse qui tend à se confirmer lorsque lui parviennent d'inquiétants messages de menaces. Le danger se précisant encore, Miranda est contrainte de faire alliance avec Ryan Boldari, un séduisant cambrioleur, seul capable de l'aider à déjouer ce qui ressemble fort à une machination. Mais peut-elle réellement se fier à cet homme sans foi ni loi qui sait enflammer ses sens comme aucun autre avant lui ?

(suite page suivante)

Une ombre sur le passé, de Carla Neggers • N°117

La disparition de Colt Sinclair et de Frannie Beaudine à bord de leur avion, quarante-cinq ans plus tôt, était restée comme une plaie à vif dans le clan Sinclair : nul ne savait si le couple s'était enfui ou si le Piper Cub J3 s'était écrasé dans les forêts de New Hampshire, non loin de Cold Spring. Et voilà qu'une jeune femme affirme avoir repéré l'épave de l'appareil, avant de se rétracter pour une raison inconnue. Il n'en faut pas davantage pour Wyatt Sinclair : toutes affaires cessantes, il se rend à Cold Spring, où il espère éclaircir enfin ce mystère. Un mystère plus complexe qu'on a bien voulu le lui dire, il en est sûr, et à peine arrivé sur les lieux, il comprend qu'il ne s'est pas trompé...

PASSIONS INTERDITES, de Barbara Delinsky • N°24
(Réédition)

Alors qu'elle est la maîtresse de John Saint George depuis vingt-cinq ans, l'écrivain Hillary Cox apprend par voie de presse les fiançailles de son amant avec une riche veuve. Elle le sait infidèle et égoïste. Mais serait-il aussi le pire des goujats ? Blessée, intriguée aussi, Hillary décide de fouiller le passé de John, où elle devine déjà l'existence de secrets sombres et inavouables...

OFFRE PRIVILÈGE

À compléter et à retourner sous enveloppe affranchie à :

Service Lectrices HARLEQUIN/ Cédap
BP 77
94232 Cachan Cedex

Oui, je souhaite recevoir gratuitement 2 des plus beaux romans Horizon publiés par Harlequin ainsi que mon cadeau. Je recevrai par la suite 6 romans inédits de la collection HORIZON à consulter chaque mois.

Je pourrai les acquérir au prix de 18,05 F le volume de 160 pages (sans supplément de frais de port), ou vous les retourner sous 10 jours sans rien devoir. Je suis libre d'interrompre à tout moment ma collection.

Mme ❐ Mlle ❐ SFH006.1306

Nom ______________________

Prénom ______________________

Adresse ______________________

____

Code postal |_|_|_|_|_| Ville ______________________

Date d'anniversaire |_|_| |_|_| 19|_|_|

Numéro de téléphone |_|_| |_|_| |_|_| |_|_| |_|_|

Vous pouvez également nous joindre au 01.45.82.47.47
du lundi au vendredi de 9h à 17h.

Répondez à notre Offre Privilège,
ces cadeaux de bienvenue seront à vous définitivement.

Conformément à l'article 27 de la loi 78-17 du 06-01-78 vous disposez d'un droit d'accès et de rectification vous concernant sur notre fichier clientèle. Offre limitée à un envoi par foyer, en France métropolitaine jusqu'au 31 décembre 2000. Prix susceptibles de changement.

Composé sur le serveur d'Euronumérique, à Montrouge
par les Éditions Harlequin
Achevé d'imprimer en mai 2000
sur les presses de l'Imprimerie Bussière
à Saint-Amand-Montrond (Cher)
Dépôt légal : juin 2000
N° d'imprimeur : 925 — N° d'éditeur : 8223

Imprimé en France